书有道·阅无界

策划出品 | YUEKE 阅客

马语者

申平生态小小说选粹

申平 著

南方出版传媒
花城出版社
中国·广州

图书在版编目（CIP）数据

马语者／申平著. -- 广州：花城出版社，2021.11（2022.9重印）
ISBN 978-7-5360-9565-6

Ⅰ.①马… Ⅱ.①申… Ⅲ.①小小说 - 小说集 - 中国 - 当代 Ⅳ.①I247.82

中国版本图书馆CIP数据核字（2021）第242208号

出 版 人：	肖延兵
责任编辑：	陈诗泳
特约编辑：	邹雄彬
技术编辑：	林佳莹
装帧设计：	阅客·书筑设计

书　　名	马语者 MAYUZHE
出版发行	花城出版社 （广州市环市东路水荫路11号）
经　　销	全国新华书店
印　　刷	深圳市精彩印联合印务有限公司 （深圳市光明新区光明街道白花社区精雅科技园B栋）
开　　本	880毫米×1230毫米　32开
印　　张	8.25　2插页
字　　数	115,000字
版　　次	2021年11月第1版　2022年9月第2次印刷
定　　价	48.00元

如发现印装质量问题，请直接与印刷厂联系调换。
购书热线：020-37604658　37602954
花城出版社网站：http://www.fcph.com.cn

申 平

中国作家协会会员
文学创作一级

广东文学院签约作家
广东省作家协会理事
广东省小小说学会会长

曾获小小说金麻雀奖、冰心儿童图书奖、全国优秀小小说作品奖、小小说事业推动奖、《小说选刊》最受读者欢迎作品奖等近百项，出版中短篇小说和小小说作品集20部。

多年坚持创作动物小小说，2021年6月获国家生态环境部全国"百名最美环保志愿者"称号。

目 录

001 / 头　羊

006 / 寻找头羊

013 / 羊族秘史

018 / 绝壁上的青羊

024 / 瘸羊倌儿

029 / 红鬃马

033 / 军功马

038 / 蒙古马

044 / 老辕马

050 / 杆子马

056 / 芒来的儿马子

062 / 战马火龙驹

068 / 一匹有思想的马

074 / 马语者

079 / 野兽列车

085 / 兽兽镜

090 / 通　灵

094 / 中国狼

099 / 野狼谷

105 / 怀念狼

112 / 白　鹿

118 / 鹿衔角

123 / 拾鹿角

129 / 白百灵

136 / 猫　王

142 / 神　猫

147 / 骆驼追

153 / 城市上空的乌鸦

158 / 猎　豹

163 / 草　龙

168 / 末日抉择

175 / 去找战马墓

180 / 小马倌儿

186 / 口叼木棍的小狗

191 / 我的中国狗

197 / 河　流

评 论

204 / 申平小小说的容量与深度 / 雷 达

215 / 申平小小说的魅力 / 胡 平

224 / 申平小小说的立意和艺术个性 / 杨晓敏

232 / 民族精神的别样图谱 / 李晓东

240 / 凸显小小说的象征性和哲理性 / 刘 琼

245 / 后 记

头　羊*

那只威风凛凛的头羊一直活在我的记忆中,它的名字叫和平。

和平来自新疆,是一只纯种细毛种公羊。生产队花高价把它买来,为的是让它对落后的本地羊群进行"改造"。

* 原载于2002年1月13日《南方日报》,入选《小小说选刊》2002年第6期,入选《小小说选刊》"改革开放40周年:最具影响力40篇小小说"、《1978—2018中国优秀小小说选》(现代出版社),获《小小说选刊》2001—2002年度全国小小说优秀作品奖。

和平身架高大，浑身的毛长长的，像披着盔甲，特别是它那一对犄角，更是出奇地漂亮。它的两角先向后弯，然后绕一个圈，再从两耳旁向前伸出来，而且两角上还布满奇异的花纹。它的力气出奇地大，队长往回赶它时它不肯走；队长抓住它的角使劲拉它，它四蹄撑地，任队长使出吃奶的劲儿仍纹丝不动。队长最后只好智取，用一把青草把它引了回来。

和平一来，本地种的头羊立即黯然失色。尽管瘸羊倌儿为它创造机会，让它跟和平一较高下，但那家伙一见和平掉头就跑，从此心甘情愿让出头羊的"宝座"。再过不久，为保证"改造"的顺利进行，队里便忍痛把它杀掉了。

瘸羊倌儿哭了一场，他和那只头羊感情深哩，说它懂人言人语哩，这些年风里雨里跟他不容易哩。我发现瘸羊倌儿从此恨上了和平。

但是和平浑然不觉，很快进入了角色。作为头羊，和平忠于职守。每天羊群出场，它总是精神抖擞地走在前面；当羊群和别的羊群相会，其他羊群的头羊有挑衅行为时，和平总是奋勇当先，将其击败。作为众多母羊的丈夫，和平工作十分卖力。春天是母羊发情的季节，和平每天都坚持和十来只母羊交配，从不偷懒。待它把母羊们全部"耕种"一遍，自己已是瘦骨嶙峋了。

可是瘸羊倌儿仍不喜欢它，动不动便找碴儿打它。尤其当冬天来临，一只只卷毛的第一代改良羊羔出生以后，瘸羊倌儿的火气更大了。

瘸羊倌儿放了一辈子本地羊，他看本地羊看惯了，怎么看那细毛羊也不顺眼。他说："妈拉个巴子，这是羊吗？这是外国串儿、二毛子！"瘸羊倌儿仍然不时念叨被杀的那只头羊。

那天和平跟一条骚扰羊群的狗干起来，勇猛无比的它竟将狗撞翻在地，狗夹着尾巴逃跑了。这本应是受嘉奖的事，瘸羊倌儿却骂它："妈拉个巴子，光显你能！"过去赏了它两脚。

谁也没有想到和平会反抗。它突然后退几步，又猛地向前一冲，竟将瘸羊倌儿撞了个四脚朝天。瘸羊倌儿大骂着爬起来，去拿他的鞭子，不料和平又从后面把他撞了个前趴虎，吓得瘸羊倌儿钻进羊圈屋里不敢出来。

从此和平有了撞人的毛病。有人从羊群旁经过，只要对羊群稍有不敬，它就毫不客气地撞过去。一时间，村人见了和平，人人自危。

瘸羊倌儿就趁机说："看看，这哪里是羊，这比狼还狠哩！"

骂归骂，他再不敢轻易惹它。

但和平毕竟是一只羊，它到最后还是被瘸羊倌儿算计了。那些日子天旱，羊群每天要去井边饮水。井台上有个石槽，是专门供牲口饮水用的。瘸羊倌儿让我打水往石槽里倒，他则站在石槽旁，用羊叉打那些拥挤抢水的羊。大约和平看他老打羊，生气了，忽然一头撞过去，把瘸羊倌儿从石槽这边撞到了那边。瘸羊倌儿"哎哟"了半天才爬起来，但是奇怪的是这回他没有报复。

第二天，瘸羊倌儿照例站在石槽旁打羊，边打边瞄着和平。这回和平气更大了，它往后退，再退，退出好远才旋风一般冲过来，眼看就要撞上瘸羊倌儿的当儿，却见瘸羊倌儿"嗖"地向旁边一闪……

和平就这样死了。它的头在石槽上开出了鲜

花，两只漂亮的犄角也折断了。这份宝贵的集体财产夭折了，瘸羊倌儿却振振有词，队里也对他无可奈何。和平死了还背着罪名。

我至今仍然怀念和平。

寻找头羊*

我的羊群的头羊死了。群羊无首,急需一只新的头羊。

我在脑子里,把整个羊群过了一遍,想挑选出一只头羊来。可是我很失望,没有一只羊堪当大任。

---

* 原载于《荷风》2019年第1期,入选《小小说选刊》2019年第17期、《微型小说选刊》2019年第12期、2019年6月28日《文摘周报》,入选《2019中国小小说年选》(花城出版社)、《2019中国微型小说精选》(长江文艺出版社)。

我的头羊，那可真是个好家伙！有它在，我每天只要打开羊栏，把羊群放出来就行了。它会带着我的羊群，去吃草、喝水，然后平安归来。草原上的人都管我的头羊叫"羊司令"，一个个眼热得不行。可是几天前，几个羊贩子开车到草原上来收羊，他们看见我的羊群没人管，就起了歹心。青天白日的，他们竟然上前偷羊。我的头羊奋起反抗，把那几个家伙撞得滚的滚，爬的爬。最后，一个被撞得头破血流的家伙急了，他掏出刀子，朝我的头羊连捅几刀，然后他们开车逃了。等我赶到的时候，我的头羊已经奄奄一息了。它的两只眼睛依恋地看着我，好像在说：主人啊，我尽力了……

我呼天抢地，我痛心疾首，我无语凝噎，我以人的规格和礼仪为它举行了葬礼。我在羊的坟前哭诉："司令啊，你让我到哪里去找一只像你一样的头羊啊？"

我通过微信群发出广告，重金求购头羊。我相信，重赏之下，必有好羊。

但是我再次失望了。尽管我的手机差点被打

爆，家里的门槛几乎被踏平，人们牵来一只又一只的羊供我挑选，可是，却没有一只可以和我的头羊相提并论。

他们牵来或者赶来的那些羊，有的也很高大，有的看上去也很威猛，但是它们没有一点灵性，更没有一点血性。它们在人的面前，一律表现得低眉顺眼，甚至连高叫一声的胆量和勇气都没有。你想，它们能被牵着或者赶着来，这本身就足以说明它们奴性十足了。这样的羊怎么能做头羊，怎么能领导整个羊群呢？

这一天，我把羊群交给家人，骑上马，驰向草原深处。我要到远方去寻找头羊。

我骑马走过草原，看见了许许多多的羊群。它们散布在草地上，在皮鞭棍棒还有牧羊犬的指挥下，都在忙着低头啃草。它们挨挨挤挤，你争我抢，仿佛它们来到这个世界上的目的就是吃草，然后就是挨刀。我为它们感到深深的悲哀。

我走走停停，寻寻觅觅。多日过去，我依然没有找到我心目中的头羊。

这天，我已经来到了草原边缘，我的心中充

满失望。我爬上山冈，手卷成喇叭状高喊："我的头羊，你在哪里——"

群山回应，绵延不绝。

忽听一阵歌声隐约传来，我跳起来循声望去，发现一座更高的山上有一个红点。我骑马驰去，近了，更近了，终于看清那是个身穿红色蒙古族衣袍的姑娘。我接着看清，在她前面的山坡上，还散落着一大片雪白的羊群。这些羊，似乎和草原上的羊不一样，它们在丛草地间穿行跳跃，撒欢打闹，俨然是一派欢乐祥和、无拘无束的景象。

我跳下马来，快步走向姑娘，走向羊群。我隐约感到，我的头羊就在这里。

忽然，我听见一声高亢的羊叫，抬头看，一块巨大的山石上出现了一只威武的公羊。它昂然而立，气势非凡、居高临下、虎视眈眈地看着我，头上的两只角就像是两把弯曲的尖刀。我的身子不由得一震，天哪，这不就是我的头羊再世吗？我不顾一切向它跑去，张开双臂想拥抱它……

但是，只见那羊突然跃下巨石，扎下脑袋，身子一纵一纵，一直朝我冲来。不好！我转身就逃，还故意跑出了曲线。但是非常不幸，我觉得屁股上猛地被撞了一下，身子就像鸟一样飞了出去，在平缓的山坡上连滚几滚。我趴在地上不敢再动，我明白，只要我一起身，撞击就会再来。

过了许久，我才听见轻柔的喊声响起。我爬起来，看见那个美丽的姑娘正一手拉住羊角，身子斜靠在羊背上，对着我"咯咯咯"地笑。

我急忙说："美女，我是来买头羊的。把你的这只羊卖给我吧，要多少钱都行。"

姑娘的汉语讲得不好，但是还能听懂。她说："这个……不行。它是我的……头羊。不过，我的羊群……还有这样的羊，你可以……看看。"

她打了一声呼哨，立即有一只和那只头羊差不多模样的羊从什么地方钻出来，它威风凛凛，眼睛灵光四射，野性十足，一看就知道这是一只非同凡响的羊。

姑娘用蒙语对它说了一通什么，那羊"咩

咩"地叫了两声,似乎在回应她的训话。

我小心翼翼地往前走,脸上挤出笑容,伸出双手向它示好,但是姑娘却制止了我。我们谈好价格,微信付账,姑娘便找来一条绳子,拴到那只羊的脖子上,然后把绳子交到我的手上,然后含着眼泪,赶起羊群走了。

这边,我拉起我未来的头羊要走,没想到却遭遇了激烈的反抗。那羊先是四蹄撑地,死活不肯动窝,随后,它竟然跃起身,一头把我撞翻在地。然后它就拖着绳子,一路狂奔去追它的羊群。我爬起来拼命追赶,终于又抓到了绳子,而且再也不肯松开。一人一羊,就在山坡之上展开了激烈的拉锯战。

这只该死的羊!它竟然那样的野蛮,那样的不识好人心。我对它来软的,对它说好话,求它跟我走,它不为所动;我对它来硬的,折下树枝抽打它,但是它宁死不屈。最后,它竟然毫不留情地接连向我发动攻击,用它的头和角,搞得我屁滚尿流,伤痕累累。

我终于恼羞成怒,终于忍无可忍了!这只头

羊,老子不要了!就在它再次向我冲来的时候,我掏出了腰间的匕首,对着它刺过去,毫不留情地刺过去……

结局就是这样:我千辛万苦去寻找头羊,却垂头丧气地带回了一具羊的尸体。

羊族秘史*

一只老绵羊，在给羊族书写历史时有了一个惊人发现：原来古代的羊，也就是它的祖先，居然是凶猛的肉食动物。

老绵羊进入时光隧道，在那里发现了祖先们的最初形象：头上的两只角并不像现在这样弯曲，而是呈45度角直直向前伸出，顶端锋利，犹如利刃；牙齿也不像现在这样细密，而是高低错

＊ 原载于2016年10月18日《羊城晚报》，入选《小说选刊》2019年第1期。

落，两边各有一颗长长的剑一般的利齿；身上的毛也不像现在这样柔软，而是根根直立，硬如铁丝；它们的个头也比现在大得多，一个个都像小牛犊那么高。

羊的祖先也不是生活在草原上，它们生活在山间丛林之中。它们成群结队，奔跑如风，猎取其他动物为食。因为羊多势众，所以就连剑齿虎、猛犸象等都惧怕它们三分。

可是后来……问题出在羊族的第555代传人身上。

这个传人，不，准确地说是传羊——老绵羊干脆叫它"555"。它从小娇生惯养，居然养成了好吃懒做、胆小怕事的性格，而且它的小资情结还很严重，总产生一些不切实际的浪漫幻想。

比如它会经常看着天上的云彩说："我们为什么不搬到云彩上面去住啊？如果那样，我们就不用费力奔跑了。"

就是这样一只羊，因为它是头羊的长子，所以在头羊死后，它被拥戴为王。

成了羊王的555，却不想带领羊族去冲锋陷阵，猎取食物，它每天只管在山上和年轻母羊打情骂俏，嬉戏作乐。当别的羊为它猎回食物，它还边吃边流眼泪道："唉呀，你们又杀生啊！"

这个时候，世界正在发生剧烈变化，山林大量消失，每天都有动物绝种。羊族不但猎取食物越来越难，而且还不断被别的动物猎食。这时有羊提出，是不是应该转移到其他山林里去生活，开辟新的领地。但是555不同意，它说，它们从小就生活在这里，熟悉这里的一切，有危险知道往哪儿藏、往哪儿躲。去陌生的地方，如果遇到强大的敌人怎么办？

羊族只好继续生活在这片面积越来越小的山林中。

吃的问题越来越尖锐突出了。

这天，555早晨起来，突发奇想。它异常兴奋地召集部属开会，在会上它提出了一个新思路："既然猎取动物如此困难，我们为什么一定要吃肉呢，我们为什么不可以像猛犸象一样吃草呢？！"

群羊听了，一片哗然。

555说:"你们嚷嚷什么,其实我已经偷偷尝过了,这满山遍野的青草细嚼慢咽都是甜的,而且营养丰富。吃青草就地取材,食之不尽,不用打打杀杀就能轻松获得,我们何乐而不为呢!"

于是,羊族就展开了轰轰烈烈的食草运动。

一改吃草不要紧,群羊吃惊地发现,它们的角变弯了,牙齿变平了,身上的毛变软了,个头也变小了。而且最要命的是,它们成了所有肉食动物的攻击对象。就连过去见了它们就望风而逃的野狼,也开始以它们为食了。

群羊开始抱怨555,商议推翻它的统治。

但是这时,555偏偏又提出了一个新思路,那就是去投奔最强大的人类,寻求他们的保护。

人类很高兴地接受了羊族的请求。白天,有人类带领它们出去吃草;夜晚,它们则住进人类为它们搭建的羊栏里。遇到危险,人类总是挺身而出,使它们化险为夷。

群羊很高兴,555很骄傲。

但是很快,人类也露出了狰狞的嘴脸。一到年节,他们也不跟555商量,就大肆捉羊宰杀,食其肉，寝其皮，十分残忍。羊族毫无反抗之力，除了哀叫几声，只能任凭宰割。

这时555却对大家说："羊固有一死，与其大家困死山林，断子绝孙，还不如像现在这样牺牲少数，保护多数。实践证明，我们投奔人类的行动是英明正确的，可以说功在当代，利在千秋……"

老绵羊看到这里，早已老泪纵横。它不知道，羊族的历史应该怎样去书写。

绝壁上的青羊*

老葛观察绝壁上的那只青羊已经好几天了，但是那只青羊一点也不知道。它每天照例在绝壁上时隐时现，在凹凹凸凸、石缝荆棘中找草吃。

这天青羊又出现了。它如履平地般在峭壁悬崖上东挪西跳，一点也没觉出今天和昨天有什么不同。当它跃上一个平台，欣喜地吃着上面的

---

* 原载于《作品》2010年第2期，入选《小小说选刊》2010年第9期、《微型小说选刊》2011年第5期等多种选刊、选本。

嫩草时，它忽然觉得有点不对了。它嗅到了一股味道，对，是那种比老虎和豺狼更恐怖的味道。它惊恐地抬头四望，却什么也没有发现。它犹豫徘徊，猛地感到一条后腿被什么给缠住了。它低头一看，知道大事不好。套子！它被猎人下的套子套住了。青羊拼命挣扎，但越是挣扎，套子就勒得越紧。青羊只好不动，静待那最危险时刻的到来。

不知过了多久，青羊听见绝壁上面有响动，接着，一个人拽着绳子下来了。这个人就是老葛。老葛一看套住了青羊，不由得喜出望外。他喊了一声："太好了，这回我儿子有救了！"

青羊听见老葛的喊声，立刻回应了一声绝望的哀叫。它使出平生最大的力气猛地一挣，未果，随后就把自己的身体弯成一张弓，把两只犄角变成两把利剑，杀气腾腾地直对着老葛，做好准备，给他以致命一击。老葛一看青羊这架势，就有点害怕。他不敢踏上平台，就那么悬在绝壁上想办法。说起来老葛并不算是个猎人，只是小时候跟他爹上过几次山罢了。后来他爹死了，也禁猎了，他除了偷偷摸摸地套过几只野兔解馋外，根本就没打过什么大牲口，更没有打过青羊。要知道，绝壁上的青羊那可是神物，凡是能挂住雪花的地方它都能上去，你说它神不神？可是为了给儿子治病，老葛不得不铤而走险了。

老葛打量着青羊，他活到四十多岁还是第一次看到活的青羊。这家伙除了毛是青黑色的，其他的和常见的山羊好像也没多大区别。但是据说青羊浑身都是宝，它的骨肉治跌打损伤有特效。老葛记得小时候扭了腰，只喝了一盅滴入青羊血的酒，立马就好了。老葛的儿子瘫在床上好几年治不好，现在青羊给他带来了希望。可是怎样把青羊从绝壁弄下去却是个问题，他又不敢去喊人，怎么办呢？

老葛开始跟青羊说话。他说："青羊啊，你不要怪我，我真的是被逼无奈啊！你知道吧，我家原来也是村上的富户哩，可是自从我儿子摔坏了腰，我的好日子就到头了。这年头咱农民真是生不起病啊，对咱态度好坏咱都能忍，关键是那药贵得吓死人啊，万把块钱三下两下就没了。我花了十几万,把家底都折腾光了也没给他治好。现在我是一贫如洗啊!孩子说:'爸爸,咱别治了,就这样吧。'你说我这当爹的能忍心吗?这不,我就来找你了……"

老葛说到这里眼睛有点发潮,他奇怪的是,青羊好像是听懂了他的话,因为青羊那弓着的身子逐渐放松了,头也抬了起来。它瞪着一双灰黄色的眼睛开始打量老葛,似乎在说:"你这个人啊!你儿子有病就来害我的性命,你也太不仗义了吧。你难,那我们青羊容易吗?为了躲避猛兽和你们人类的杀戮,没办法我们都躲到这绝壁上来了。可你们还是不依不饶,非要把我们赶尽杀绝,你们好狠毒啊!"

老葛看着青羊的眼睛,很快就明白了它的意思,脸上不由得一阵发热。他又说:"我的好青羊哩,我知道你恨我,那你就恨吧,不行下辈子我变青羊救你。你乖乖的,我用绳子把你捆住拉上去,你还能多活一会儿;不然,我只能在这里把你杀死。唉,我可从来没有动过刀啊,你千万别逼我啊!"

老葛说着，一只脚已经踏上了平台，现在他和青羊只有几步之遥，彼此能清楚地听见对方的呼吸声甚至心跳声。老葛忽然看见青羊的眼睛里流出泪来，随后它又叉开后腿，"哗哗"地撒了一泡尿。青羊一撒尿，老葛便看清楚了，这是一只怀了孕的母羊，后腿间的两只奶都已经鼓起来了。老葛的心"咯噔"了一下，他想怎么会这么巧呢，怎么偏偏就是一只母羊呢！如果我为儿子杀了它，那就等于害了两三条性命啊。哎呀呀，那样可是造了大孽，缺了大德哟！

老葛软软地坐下来，他忽然想哭，哼哼了几声却流不出眼泪来。他说："我怎么这么倒霉啊，冒着摔死和坐牢的风险捉到了一只青羊，却偏偏是只母的。老天爷这不是成心跟我过不去吗？"老葛猛地跳了起来，喊了一声："哪管那么多！"就从怀里掏出了一把刀子，龇牙咧嘴一步步走向青羊，又喊了一声："你活该，活该！"两眼一闭，刀子就闪着寒光刺了出去……

待老葛再次睁开眼睛，他发现平台上早已不见了青羊，只剩下被挑断的套子躺在那里。老葛点了点头，对自己伸出了一个大拇指。他吐了口痰，抓住绳子开始往绝壁上爬。才爬了几步，他就觉得自己浑身一点力气也没有了。他把绳子在腰间缠了几圈，就那么挂在绝壁上大口大口地喘气。恍惚间，他似乎听见耳畔有青羊的叫声，随后青羊的叫声又幻化成了村主任的声音："老葛，你的胆子也忒大了，你还敢来绝壁上捉青羊，你这是犯罪、找死，你懂不懂！你家的事你不要急嘛，现在又要开始搞合作医疗了……"老葛往上看，却没有看到人，也不知那声音是真是假。

老葛就继续挂在绝壁上。他穿着青黑色的衣服，远远看去，活脱脱是一只青羊。

瘸羊倌儿*

羊倌儿可能是世界上最小的"官"了。羊倌儿所领导的,不过是一群性格温和、胆小怕事的牲口而已。

平时,大家都在为一张嘴忙,羊倌儿一个人在山上干些什么,谁都不去关心。只是人们在说起他的时候,往往会叹一口气,说,唉,整天风

---

* 原载于2014年7月29日《常德晚报》,入选《小小说选刊》2014年第19期、《小说选刊》2014年第11期,获首届中国·武陵"德孝廉"小小说全国征文大赛一等奖。

里来雨里去的，可真不容易！这便是对羊倌儿的最高评价了。

却有一个羊倌儿例外，他竟然在这个最小的"官"位上，干出了惊天动地的事情。这人还是个瘸子，大人孩子都喊他瘸羊倌儿。

起初，瘸羊倌儿在村里见人矮三分。他已经四十多岁了，可是由于瘸、由于丑、由于职业，他连个媳妇都娶不上。有人说他实在憋急了，就在山上祸害母羊——也不知真假。反正瘸羊倌儿在村里的形象，是十分猥琐的。

可是忽然有一天，瘸羊倌儿请假去了一趟县城。回来的时候，他那身肮脏的行头不见了，取而代之的是当时最流行的涤卡布衣裤，而且在他的手腕上，居然戴了一块金光闪闪的手表！这一下全村人的眼神儿几乎都被拉直了。当晚，平日冷落寂寥的羊圈屋里人头攒动，男男女女来了一大群。人人都以惊异的目光重新打量瘸羊倌儿，听他神吹他在山上放羊，捡到一块狗头金的故事。从此，瘸羊倌儿人气急升，他的羊圈屋不仅成为青年后生的聚集地，也成为风流女人喜欢光顾的地方。

瘸羊倌儿这个只配和母羊谈情说爱的老光棍儿，居然开始有了艳遇。

我家离羊圈屋较近，那天后半夜我起来解手，忽然闻到一阵肉香。在那个饥饿的年代，除了逢年过节，谁能有肉吃啊！我的脚步竟然不由自主地向羊圈屋移去，结果我看到了一个半大孩子不该看到的一幕。

透过门缝，我看见村里最漂亮的寡妇吴艳丽正衣衫不整地坐在炕上，由瘸羊倌儿一口口地喂她肉吃。每喂一口，就在她的脸上亲一下。吴艳丽不但不恼，还"咯咯"地浪笑。又听瘸羊倌儿说："只要你跟我好，保证你经常有羊肉吃……"

第二天，我把夜里看到的情景跟爹说了。爹说，人都说羊倌儿放三年羊就会"下羊"，看来这事是真的。照这样下去他早晚会出事。

果然过了不久，瘸羊倌儿经常在羊圈屋煮羊肉并和妇女乱搞的事情，被反映到了生产队长那里。生产队长开头还表示一定要追查到底，后来却又不了了之。人们背地里疯传，瘸羊倌儿夜里给队长送去半扇羊肉，把队长摆平了。

瘸羊倌儿有了靠山，在村里更"胀饱"了。他放出风来，说他马上要在村里盖三间大瓦房，再娶个黄花闺女进门。他还吹嘘说："钱，老子有的是。山上有个地方，狗头金多了去了，老子想用多少就拿多少！"

瘸羊倌儿这么一吹，还真有黄花闺女要嫁给他，媒人踏破了他的门槛。一个曾经臭不可闻的老光棍儿，居然开始挑三拣四起来。而且，他更加肆无忌惮地在羊圈屋里搞女人，把个羊圈屋整得臊气冲天。

这样的光景持续了两三年，这日村里来了工作队。他们根据群众反映，对瘸羊倌儿进行了隔离审查。瘸羊倌儿开头还嘴硬，说他的钱就是捡狗头金换的。让他去指认地方，却又支支吾吾。工作队就召开大会，发动群众揭发他，要他坦白交代。瘸羊倌儿实在扛不住，只好交代罪行。

他说，哪里有什么狗头金，钱全是贪污捣鬼弄来的！

他说:"我使的办法就是虚报羊数。比如有的母羊一次下了双羔,我就只报一只,另一只就是我的了;再比如有的羊根本没死,我说死了,那么这只羊也是我的了。我有了几只羊以后,大的下小的,小的再下小的,几年就成了一群。怕被发现,就放到别的羊群里养着,有机会卖一只两只,钱就来了。想吃羊肉了,随便杀上一只就是了……"

他说:"我该死,我老不要脸,我干了不少不是人干的事……"

瘸羊倌儿的供述令人目瞪口呆,谁也想不到一个羊倌儿,竟有这么大的猫腻!

工作队立即宣布不再让他当这个"官"了,并吸取教训,从此配备两个羊倌儿。他们互相监督,类似事件再没发生。

红鬃马*

一连几日,红鬃儿马子(种公马)老不按时回来,回来时全身便如水里捞出来似的。

那天,红鬃儿马子索性一夜未归,主人一早骑马去找,却见它正站在一座山头上,冲着东方的红日嘶鸣,那剪影极为精彩。主人策马驰去,看见红鬃儿马子又是全身湿透。主人疑惑地把它

---

* 原载于1991年3月7日《红山晚报》,入选《小小说选刊》1991年第11期,入选《1976年—2000年中国新文学大系》等多种选刊、选本。与《猎神》等十篇作品获首届中国小小说金麻雀奖提名奖。

赶回马群，套住它，用马鞭子抽了它一顿。可是这天晚上，红鬃儿马子挣断缰绳又跑了。主人不得不留心，想知道这到底是怎么回事。

太阳偏西，红鬃儿马子独自离开马群，朝着草滩那边的山上跑去。夕阳射在它的身上，它的身子如锦缎一样闪闪发光；夕阳也照着它的红鬃，那顺着脖子拖下来的长长的鬃毛一跳一跳，正如一团火焰在燃烧。

主人骑着马，远远跟在后面。他的头刚跃出山冈，立刻使劲勒住马，他被眼前的情景惊呆了。

两只狼！

这是两只狡猾的狼。它们一前一后，把红鬃儿马子夹在中间，转着圈子寻找攻击机会。红鬃儿马子却毫无惧色。它那长长的鬃毛现在全竖起来了，在脖子上轻轻晃动，正像一面战旗在飘扬。它谨慎小心地踏着步子，移动着身子，不断破坏着狼的进攻角度。

半空中黑影一闪，一只狼斜刺里闪电般向红鬃儿马子的脖子扑去，另一只紧跟着跃起，冲向红鬃儿马子腹部。危险！红鬃儿马子不慌不忙，身子微微一侧，长鬃"啪"地一下，宛如一条巨鞭，把第一只狼抽得在地上连翻了几个跟头，紧跟着后蹄腾空，把第二只狼踢出数丈外。两只狼沮丧地爬起来，又开始组织进攻。主人勒马回逃，只在心里祈祷红鬃儿马子可别被打败了。

红鬃儿马子平安地回来了，它如凯旋的将军，跑进马群里左冲右撞，和母马亲热地嬉戏，好像在夸耀自己保卫马群的赫赫战功。

主人却把它套住，又用马鞭子抽了它一顿，边抽边骂："逞能的东西，找死的东西！"抽完了，又喂了它点料。

这一天，红鬃儿马子被拴在圈里，不许出场。天傍黑儿，远处传来狼嚎，红鬃儿马子暴躁不安。它吼，它踢马槽，简直像疯了一样。在屋里喝酒的主人气冲冲出来，拿鞭要打，红鬃儿马子前顶后踢，根本不让近前。主人只好隔着马槽抽了它两鞭子，想不到红鬃儿马子长鬃一竖，身子一侧，"啪"地一下，竟把主人抽了个跟头。

啊，马鬃！全是这鬃把你烧包的！主人恼羞

成怒地从地上爬起来，跑回屋，拿出一把锋利的剪刀，跳到马槽上，"咔嚓咔嚓"，马鬃纷纷落地。他得意地骂："看你再去逗能！"

这一夜，主人不断听到狼嗥和马嘶声。但他不敢出去，他相信红鬃儿马子没了鬃也不敢出去。天亮了，主人出去一看，惊呆了：槽头上只剩下半截被咬断的缰绳，红鬃儿马子不知去向。

主人骑马去找，他走过山头，希望再看到红鬃儿马子对着红日嘶鸣；他走过山冈，希望再看到红鬃儿马子和野狼搏斗，然而他却在草地上发现了血迹……主人对着草原呼喊，草原沉默，冷冷地把他的声音抛掷回来。主人不由得浑身发抖。

远处，传来得意的狼嗥。

军功马*

20世纪60年代,我家住在草原上的军马场附近。每到马儿出场的时候,首先会听到一阵雷鸣般的声响,然后是一阵烟尘腾起,成百上千匹军马在十几个马倌儿的押解下,从大院里奔涌而出,那场面极为震撼。

随后,就会有一个瘸子牵着一匹老马走出

---

* 原载于2020年9月9日《文艺报》,入选《小说选刊》2020年第11期、《微型小说选刊》2020年第24期、《小小说选刊》2021年第2期,获2020年"武陵杯"世界华语微型小说年度评比特等奖。

来。那匹老马,是枣红色的,身架高大,行动却显得有点迟缓,它总是低着头默默地走着。

那时我十三四岁,对那些军马充满好奇,着魔一般想骑马。但是那些军马一匹匹生龙活虎的,我哪里敢碰,我的目光最后落在了那匹老马身上。那日看见瘸子又在山下放马,我和伙伴便凑了过去:

"大叔,这马,让我们骑下呗?"

瘸子抬头看了我们一眼,嘴唇抖动了半天才吐出几个字来:"就、就……你们几个……还想骑它?知、知……道它是什么……马吗?"

哈,原来还是个结巴!我们忍住笑,好话说尽,但他就是不松口。我们就扑上去抢他手里的马缰,硬往马背上爬。他一着急,嘴唇干动弹却说不出一个字来。

正在这时,忽听得"咴咴"一声马嘶,只见那匹老马突然暴跳起来。它身体一抖,脑袋一摆,就把我们这几个小屁孩甩得滚的滚,爬的爬。

我们落荒而逃。跑出好远还听见瘸子在吼:"这、这……回知……知道厉害了吧?告……告诉你们,这是一匹……军功马,它……还有军功章呢!"

但是我们不甘心失败。军功马?军功马有什么了不起的!现在大人们把那些立过军功的人都一个个地揪出来斗了,难道我们还会对一匹老马客气吗!

于是我们就开始挖空心思想起歪点子来。

先是起哄。每天瘸子牵着老马一出来,我们立即尾随,在后面学狼嚎鬼叫,又学瘸子走路,学他说话。几天之后,发现这招根本不灵。因为瘸子每天为老马选好草场之后,就坐下来抽烟。对我们的叫嚣,他根本置若罔闻。

接着是攻击。我们提前在必经之路旁埋伏好,等他们走近了突然冲出,口中高叫"冲啊!""杀啊!",一口气冲到老马跟前,举棍对着它就是一通乱打。就听见瘸子撕心裂肺一声大叫,冲过来拼死护住老马,转身和我们搏斗,我们的棍子打到他的身上他也不在乎。头两回,老马只是被动地挨打,可是那天,它突然又发起威来:它一声嘶鸣,挣脱缰绳,高昂起头颅,瞪着两只铜铃般的眼睛，挺尾竖鬃，迎着我们就冲了过来。我们先是被吓傻了，接着掉头就跑。老马却不依不饶，继续追赶。它大概看出我是领头的，就紧盯住我不放。到底把我追上了，它一口叼住我的后衣领，就那么让我悬空着，一直把我叼到瘸子跟前扔下。然后它大口大口地喘气，浑身颤抖。

我哭喊求饶，我听见瘸子在结结巴巴地教训我。直到他们走开我才爬起来。我看到老马这时回头看了我一眼，它的目光很奇特，就像大人对犯错孩子的警告。

不过老马最后还是被我算计了。我们学着电影里的样子，在路上挖坑，然后棚上树杈，用土盖好，还脱下鞋来在上面印上脚印，伪装得就像路面一样。瘸子和老马走过来了，他们走过来了——只见老马忽然一头栽倒了，接着就传来了瘸子的哭喊声。

我们几个坏小子，正在不远处的树林里欢呼雀跃。猛然，我们听见了一种声音响起。那声音是那么高亢，那么悲愤，还带着英雄迟暮的无奈。哦，那是老马的嘶鸣声。它的声音在草原上回荡，一声接一声，穿云裂帛，我们一时间都被镇住了。

多年以后，我重回草原，赫然发现，当年的军马场早已不复存在。那地方却矗立起一匹马的雕像。那马，高扬前蹄，鬃毛竖立，一副冲锋陷阵的姿态。我迫不及待上前查看，终于读到了后面的铭文：

红云，军功马，勇敢聪慧，极通人性。战争期间为部队运送弹药，能自己卧倒隐蔽，躲避枪弹。后去河中运水，能自己侧卧灌水，送往火线。荣立二等功，部队终生养护，1967年因崴断前腿去世，终年三十岁。

啊，老马，你原来真是一个大英雄啊！可是我……如烟往事在眼前闪过，我简直无地自容。我长跪老马雕像前，深深忏悔。同时我也在想，如果当年不那么混乱，有人给我们讲下军功马的故事，也许悲剧就不会发生了吧。

蒙古马*

那匹蒙古马,是赵氏家族的荣耀。它,就葬在赵家的祖坟旁。每年赵家子孙来烧香祭祖的时候,也要顺便给它烧上一炷香,拜上几拜。

蒙古马的故事,在赵家人的口中已经讲了三代了。但是这一年,他们突然闭口不提了。村里人主动问起,他们也是支支吾吾。

---

* 原载于2019年10月22日《红山晚报》,入选《小说选刊》2019年第12期,获得第二届"禧福祥杯"《小说选刊》最受读者欢迎小说奖。

这倒引起了大家的好奇心。人们一边重复着那耳熟能详的蒙古马的故事，一边开始四处打探起消息来。

有关蒙古马的故事，听过的人都觉得挺来劲儿的。

赵家的爷爷曾经是一个出类拔萃的木匠。在这方圆百里的地界，一提"赵木匠"，人人都竖起大拇指。起初，赵木匠是靠着两只脚、一副担子行走四方的。后来，他去内蒙古地区给蒙古族老乡打家具，人家没有现钱给他，就给他一匹蒙古马顶工钱。从此，赵木匠外出就有了脚力。

蒙古马本身个头不高、其貌不扬，赵木匠的这匹蒙古马，就更谈不上威武雄壮了。但有一点，它身上的毛是黑色的，四蹄是雪白的，正好应了"乌云踏雪"之说，如果它的个头再高一些，说不定也算匹名马哩！

赵木匠整天骑着他的"乌云踏雪"走村串乡，翻山越岭，他和这匹蒙古马之间，渐渐结成了形影不离、生死与共的关系。

这一天，赵木匠又骑马外出了。就在他走

后不久，村里来了几个骑着高头大马的日本人。他们找到村长，让村里人都到打麦场上去集合，家里有马的都要牵上，原来他们是来和村人赛马的。

赛马，庄稼人只听说过，但是很少见过。再看他们牵来的马，一匹匹灰头土脸，都是些拉车犁田的料，哪能上得了台面！日本人见了，一个个面带嘲笑。再看他们骑的东洋战马，一匹匹高大漂亮，往那儿一站，威风凛凛，吓得那些本地马老往后躲。日本人这下更猖狂了，通过翻译官叫板："中国的马，你们敢不敢应战？只要你们敢跟着跑，就算你们赢！"

满场的人大眼瞪小眼，没有一个敢应战的。日本人就乘机轮流讲起日本民族如何优秀，你们"支那人"不但人不行，马也不行，必须接受他们"统治"的道理来。他们讲一段，翻译官翻译一段，没完没了。

要吃晌午饭的时候，赵木匠骑着他的"乌云踏雪"回来了。他远远看见村人都在打麦场上站着，就直接过去看个究竟。

这时候，只听那个翻译官又在叫喊："刚才，几位太君的训话，你们都听清楚了吧。咱们就是人也'操蛋'，马也'操蛋'嘛！现在我最后再问一遍，到底有没有敢应战的？没有，你们村从此就改名叫'操蛋村'了。"

那几个日本人便在马上哈哈大笑起来，就连他们的马也跟着刨地嘶鸣。

众人都低下头去。这时只听赵木匠吼了一声："你们别欺负人，我跟你们比！"

赵木匠喊着，双腿一夹，"乌云踏雪"就冲过去，和日本人那几匹高头大马站在了一起。这一比就更看出悬殊了，赵木匠不但马太矮小，而且他穿着旧棉袍，戴顶破毡帽，哪里像个比赛的？日本人看看他，一脸不屑，挥着手说："你，先跑的干活，先跑的干活！"

但是赵木匠竟然不肯。在商定好路线之后，铜锣一响，几匹马一起冲了出去。

谁都没有想到，赵木匠的"乌云踏雪"居然有如神助，它就像一道闪电，一眨眼就飞到了天边，再眨眼它已经飞了回来，把那几匹东洋战马甩得七零八落。"乌云踏雪"到了半天，那几匹马才气喘吁吁地跑回来。

村人拼命拍手叫好。这时只见那几个日本人纷纷滚鞍下马，一起上前给赵木匠鞠躬行礼，还给他的"乌云踏雪"行礼，最后奖励给他一套和服……

这个故事是真实的，也是荡气回肠的，可是赵家人为啥突然不说了呢？

消息灵通的人士，这一天终于破解了真相：原来，赵木匠的亲孙子，一年前竟然不顾家人的反对，跑到日本留学去了。赵家人认为这是有违祖训的"变节"行为，无颜再讲祖上的故事了。

哦，原来如此！村里人不由得更加佩服起赵家人来。

可是几年后的一天，赵家突然张灯结彩，喜气洋洋，说是那个留日的孙子要回来了。众人就奇怪道："他们赵家这是唱的哪一出啊！"

赵家孙子是开着一种很奇特的小车回来的。这车没有方向盘，只需按电钮操控，也不用加油，走山路沟渠如履平地。车子进村拉上赵家的几个人，直奔赵家祖坟，一眨眼就上了山顶。

赵家孙子率先跳下车，到爷爷坟前磕了几个头，又去拜了一下蒙古马，然后他大声说："爷爷，我回来看您了。我用从国外学的知识，设计研发出了一款最新型轿车，领先世界，国家已经准备投产了。爷爷，您知道这车要起什么名字吗？您听好了，它的名字就叫作：蒙——古——马——！"

山鸣谷应。

老辕马[*]

这次回乡，听说了一个诡异事件，就是死去多年的王大鞭子和他的老辕马又复活了。每天半夜的时候，人们都会听见黄岗梁上有鞭子响。在月明之夜，人们还可以看见王大鞭子赶着大车，在山路上快速奔驰。三匹梢子马跑在前面，驾辕的还是他的那匹老辕马。老辕马的脖子上仍然挂

---

[*] 原载于《荷风》2019年第4期（冬季刊），入选《微型小说选刊》2020年第8期，获首届师陀小说奖优秀作品奖。

着铜铃，阵阵铃声听得清清楚楚。

讲述者言之凿凿，这引起了我极大的兴趣。这天夜里，我便求人做伴，开车前往黄岗梁上一探究竟。那天夜里恰好有月亮，我把手机的电充得足足的，一心要录一段视频，引爆朋友圈。

黄岗梁，是我们村后的一座大山，翻过山便是草原。山路特别长，也特别陡，弯弯曲曲。即便是现在开着小汽车，也要爬行二十分钟。当年，王大鞭子和老辕马的故事，就发生在这山路上。

那时的王大鞭子和老辕马都很年轻，在我们少年眼中，他们的身上满是神秘光环。王大鞭子的身材并不高，但是他手里的鞭杆和鞭绳特别长。据说王大鞭子的鞭子打得特别准，如果拉套的梢子马捣乱，他啪地一鞭子过去，不偏不倚，保准打在它的耳根子上。这是马全身对疼痛最敏感的地方，多么烈倔的马，都经不起他这一鞭子。它会疼得全身发抖，立刻变得老老实实。但是王大鞭子从来没有打过他的辕马。这匹辕马一直跟着王大鞭子，给他的车驾辕。它身材高大，力气超群，上坡拉套，下山坐坡，没有一匹马赶得上它。而且它性格温和，充满智慧，能够及时准确领会主人的意图。就算是王大鞭子有时在车上睡着了，它也能够自己驾着大车前行，躲避过往车辆。

最奇的是那年它曾经在黄岗梁上冒死救过王大鞭子一命。

据王大鞭子自己回忆说，那是个风雪天气，他赶着大车从黄岗梁上下来。坡陡路滑，车上拉的是盐，属于重车。一路上，他不敢坐车，一手持鞭，一手紧紧抓住车闸把手，就那么步行走在老辕马身边。老辕马呢，更是抖擞精神，两条后腿不断往后坐，用整个身体稳住千斤的车辆。人马一心，大车慢慢前行。当走到一个隘口的时候，路边树丛里突然蹿出几只狼来，扑向前面的梢子马。人和马同时一惊，王大鞭子立刻放开车闸把手，抡起鞭子打狼。这王大鞭子真不是白叫的，一鞭子一个，把那几只狼抽得连滚带爬。这时梢子马却乱了套，拉车狂奔。尽管老辕马拼命后坐，但是因为王大鞭子放开了车闸，大车瞬间失去了控制,轰隆隆顺着山道飞速下滑。王大鞭子丢了鞭子,奔跑着去拉车闸,却不料被车撞倒,眼看要葬身车轮之下……

就在这千钧一发之际,只见老辕马拼死回头,一口叼住了王大鞭子的衣服,就那么拖着他,又驾着大车,一路滑到了坡底,避免了车毁人亡的重大事故。事后王大鞭子给老辕马又磕头又作揖,感谢它的救命之恩。

后来王大鞭子和老辕马都老了。生产队分家的时候,人们生生把大车拆开分掉了,还有人要杀老辕马。这时王大鞭子上前抱住老辕马的脖子说:"谁要杀它,就先杀了我。"结果他什么都没要,就要了老辕马。

那些年,在县城工作的我经常回村探亲。每次回去,几乎都会看见王大鞭子在山坡上放他的老辕马。一人一马,人抽烟,马吃草,好像是一幅风景画。于是每次我都特意走过去,和他聊一会儿天。

在我的印象里,王大鞭子一直都在发牢骚。他咒骂的对象,总是一些基层官员,说中央的经都是好经，硬是让下面的"歪嘴和尚"给念歪了。他咒骂的内容，根据不同时期的热点不断更新。比如他去世之前，骂得最厉害的是毁坏山林，破坏生态。他说，再这么整下去，老子往后连个放马的地方都没有了。在他吐沫横飞"控诉"的时候，老辕马总是停止吃草，站在一旁静静地听，有时候还打着响鼻，好像表示赞同。

王大鞭子和老辕马的死，还真的与毁林建房有关。以前黄岗梁到处草木葱茏，后来这里发现了铁矿，人们蜂拥开采，房地产开发商也随即而至，围绕铁矿到处建房。大片山林草地被毁，王大鞭子只好去更远的地方放马。那天，他不知怎么掉进一个探矿的废坑里，摔断了腿，出不来了。老辕马急了，就跑回村里去找人。可是村里只有老人和小孩，老辕马嘶鸣刨地，甚至用嘴去扯他们的衣角，他们却弄不懂它的意思。最后，老辕马只好又跑回去，自己跳进坑里去救主人。结果，他们双双被困死在里面。他们现在跑出来，想干什么呢？

回忆之间，我的车子已经爬上了黄岗梁山

顶。月光下的黄岗梁，一片静谧安详，夏风吹来野花和青草的幽香。但是矿区那边，灯光乱射，机器轰鸣，可以感觉正有巨兽在向这里一点点逼近。

时间已经到了午夜，我们的注意力，立刻集中到了山路上，屏息静气等待神秘幽灵的出现。一个小时过去了，两个小时过去了，但是山路上静悄悄的，没有任何动静。又等了一个小时，当我带着被欺骗的感觉，准备开车返回的时候，我的耳边却清晰地响起了一声马嘶，接着，又是一声清脆的鞭响。

啊！王大鞭子，老辕马！我的目光像探照灯一样循声看去，同时举起了手机，但是没有，山路上空空荡荡，什么也没有！而且更令我沮丧的是，同来的人竟然说他们什么也没有听见。

我们只好驱车下山。我把车子开得很慢很慢，借着明亮的车灯，我搜索着每一寸路面，我多么希望，王大鞭子和老辕马，真的能突然出现啊！

杆子马*

牛儿还在山上吃草,放牛的却在山坡上睡着了。

"撒它拉,撒它拉!"我老远就朝他喊叫。但是牛倌儿却躺在那里一动不动。

我跑过去,往他的脸上放了一只蚂蚱。那人忽地一下坐起来,冷着脸说:"干啥呀!"

我说:"撒它拉,我来赶牛呀!"

---

* 原载于《荷风》2018年第4期(冬季刊),入选《微型小说选刊》2019年第5期。

他立刻横了我一眼,说:"你去赶呀!什么撒它拉,是你能叫的吗!"

哎哟,还牛上了。我不再理他,就往牛群那里走去。

这是1975年春日的一天,我受点长委派,到生产队的牛群里来赶知青点的那几头牛,准备春耕。"撒它拉"本来是一种会飞的蚂蚱,不知怎么却成了这牛倌儿的绰号,大人孩子都这么叫他。可能是因为他个头不高,走路拖拖拉拉的缘故吧。他姓啥叫啥我却不知道。

我往前走,看见一棵树下拴着一匹马。这马,也像它的主人一样不起眼。它的颜色说灰不灰,说白不白,很瘦,毛很长。它身上佩着鞍鞯,垂首站在那里,一副随时听命的样子。我捡了块土坷垃朝它扔去,正中它的后胯,它惊得一跳,看了我一眼,接着又恢复了刚才的姿势。"熊货!"我不由得骂了它一句。

我走进牛群,立即认出了牛背上做了记号的几头牛。我立即开始驱赶它们,试图把它们和牛群分开,然后赶走。但是,它们根本就不听我指挥，东奔西跑，我赶了半天，累得气喘吁吁，浑身是汗，但是连一头牛也没有赶出来。

这时我听见山下有人朝这里呼喊，起初还以为是在嘲笑我，却见撒它拉腾地跳起来。他疾步上前骑上他的马，两腿一夹，就像离弦之箭冲下山去了。这时候我看到，山下来了一群马，有几个马倌儿正骑马在马群周围奔跑。撒它拉转眼已经冲到马群跟前，一个马倌儿迎上前，把一根套马杆递到他的手上，又对着马群指指点点。但见撒它拉立即纵马冲入马群，他挥舞套马杆，开始追赶一匹非常显眼的白马。追着追着，终于将它套住。白马不服，拖着他飞跑。却见撒它拉似乎在转动手里的套马杆，用力在拧，前面那个套就越勒越紧，直至白马双腿腾空而起。撒它拉的身体拼命后倾，屁股离开马鞍，坐到了马背上，随后他的两脚突然甩蹬，跃下马来，他顺着套马杆闪电般蹿到白马前，先抓马鬃，再抓马耳，随后抱住马头，腿下似乎使了个绊子，就见一片烟尘腾起，竟将那白马生生摔倒在地。烟尘中他好像从腰里抽出一根绳子，起身的时候，白马已经被戴上笼头了。

我看得呆了，想不到这个绰号撒它拉的人，还有这个本事。而我，竟然连一头牛都赶不走。

过了许久，撒它拉手里拿着两瓶酒，又骑着马上山来了。他哼着小曲，一副得意扬扬的样子。那匹瘦马，这会儿也显得精神多了。

我迎上前去，满脸都是讨好的笑容："哎呀，撒……师傅，你真是太厉害了。刚才看你套马，简直太过瘾了。"

"师傅？我不是撒它拉吗？"他说着翻身下马，眼睛乜斜着我。

"哪里哪里，刚才是我有眼不识泰山。对不起，对不起。"我急忙从口袋里拿出半盒烟，抽出一支，恭恭敬敬献上，又划火替他点着。

撒它拉坐到地上，美美地抽了几口烟，然后故作惊奇地问我："你不是来赶牛吗，怎么不去赶呀？"

"唉，我……赶不走呀。请师傅帮个忙，帮个忙。"我小心翼翼地说。

撒它拉就笑起来，他说："哎呀，你们知

识青年也有认熊的时候呀！我还寻思你们一个个有多牛呢。去，骑上我的马，找一根棍，去赶吧。"

"这个……这里哪有木棍呀？"我显得非常为难和无奈。

"你去掰一根树杈嘛。你骑上我的马，指哪头牛，它就会替你赶哪头牛。"

我半信半疑牵起他的马，去树上扯下一根树杈，壮起胆翻身上马，直奔牛群而去。我试着举起树杈，去指知青点那几头牛，竟然真的好使。那马就按照我的"指挥棒"，飞快奔跑，一会儿就把那几头牛从牛群里分离出来。

我把几头牛赶出一段距离，喝令它们原地不动，然后我去送还撒它拉的马。

撒它拉这时已经打开了一瓶酒，正在一口口喝着。

"师傅，谢谢你。你这马真是太厉害了。你是怎么训练它的呢？"

撒它拉抬头看了我一眼说："这没啥。我告诉你吧，这马是杆子马。你千万别看不起它，只要有杆儿指挥，龙潭虎穴它都敢闯！"

哦！我不由得再次打量这匹说灰不灰，说白不白的马，又看看马的主人，不知道为什么，他们的个头在我的眼里忽然都高大起来。

芒来的儿马子*

为买军马,我来到草原。

那天朋友带我去马群看马,离马群还有一段距离,突然听见一声长嘶,只见一匹黑色的高头大马迅疾冲来。它就横在我们的前面举蹄咆哮,目光中充满警告和威胁。它长长的鬃毛奓开来,活像根根利刺在飘动,让人不寒而栗。这时忽听

---

* 原载于《文学港》2013年第8期,入选《小小说选刊》2013年第18期,2013年12月获"钟宣杯"全国优秀小小说双刊奖,2015年获《小小说选刊》2013—2014年度全国小小说优秀作品奖。

人喊:"黑旋风,来的是朋友,别胡闹!"就见那匹马立刻放下蹄子,打着响鼻,乖乖地跑回马群去了。

这时我才看见一个中年牧人骑马过来,他脸色很黑,牙齿却白得耀眼;头发很长很乱,很像马鬃。朋友说:这个人就是芒来,他是这群马的马倌儿。接着我们就在芒来的陪伴下选马。那匹叫作黑旋风的马始终不离我们左右,不断用刨地、打响鼻的动作表达不满。看来要不是芒来在场,它肯定会要我们好看。

后来在喝酒的时候,芒来说起了他的这匹马。他说:这是他两年前选定的儿马子。儿马子就是种公马,是马群的首领。每个马群都会有一匹儿马子——它必须是一匹最优秀的马。他对我说起了选择黑旋风的过程。起初他选了几匹特别活跃的小公马养着,等它们长到四岁左右,先要它们互相掐架,看哪一匹最厉害;然后由几个骑手拿着套马杆围堵它们,看哪一匹能够逃脱。这黑旋风不但把别的儿马子咬得望风而逃,而且一阵风似的冲上了山顶。骑手们累得气喘吁吁,也没能碰到它一根毛。在确定了它的地位之后,芒来又花了许多工夫接近它。第一次套住它的时候,它挣扎蹦跳,好像要吃人。没办法,芒来只好用铁链子绊住它,驯了它半个月它才服气,但也仅限于对芒来一个人。黑旋风一上任,立刻把马群看管得如铁桶一般,除了芒来,谁也甭想靠近马群。为护马群,它都踢伤咬伤好几个人了。

听到这儿,我觉得这匹儿马子真的是太可怕了,可是我发现芒来的脸上却充满自豪和骄傲。很显然,这也是个桀骜不驯的家伙。

我第二次看到芒来,是一年以后。我发现他天天都在牧人新村里喝酒,在街上闲逛,和女人调笑,并不去草原上牧马。不知底细的人,还以为他是个二流子呢。在一次酒后,我向他提出了这一问题,没想到他却哈哈大笑。他说:"我告诉你吧,现在我的马群是黑旋风在放,根本就不用我去操心。我只管喝酒泡妞就行了。"我以为听错了,又问了他一遍。他说:"你不信呀,就是我的儿马子在替我放马呀!它白天带马群吃草,晚上带马群休息。这里的草吃完了,它就会带着马群转移到别的地方去。你问我的马群现在在哪里，我也不知道，反正就在草原上。等我需要它们的时候，去找它们就是了。"

儿马子还会帮马倌儿放马，这还是我第一次听说。我问："那要是遇见狼呢？"

芒来笑了笑说："还真给你说着了。我听别的马倌儿说，有一天我的马群真的遇上了狼。现在草原上很少有狼，可是那天不知道从哪里跑来五六只狼。它们看见我的马群没人管，就围上来想吃马。没想到儿马子一声大叫，它先是绕着马群跑，把马圈起来。也不知道它是怎么指挥的，母马、小马都在当中，骟马围在外圈。它呢，鬃毛一竖，就跟那几只狼干上了。它前顶后踢，嘴咬鬃抽，愣是把那五六只狼打得屁滚尿流，逃了。你看它多厉害。从那以后，我就更不用管马群了。"

过了几天，我在那达慕大会上再次见到了芒来和他的儿马子，原来他们要参加赛马大会。人家别的选手，都把马打扮得漂漂亮亮的，把马鞍弄得金光闪闪的，自己也穿得好像过年似的。

唯有芒来和他的黑旋风啥也没有。芒来一副吊儿郎当的模样，就那么骑在光溜溜的马背上，而且红眼巴擦的好像酒没醒。突听一声枪响，匹匹马儿都如离弦之箭冲出去，芒来好像半天才反应过来，催马出发，引起现场一片笑声。令人难以置信的是，等到马队返回来时，却见芒来和他的儿马子冲在最前面。黑旋风真的像是一股旋风，风驰电掣，力压群雄。快到终点的时候，芒来居然在马背上站立起来，向观众挥手致意。现场掌声雷动，一片欢呼。

再次见到芒来，是十年以后的事情了。令人惊讶的是，一个五十多岁的人，居然苍老得像是七八十岁的老人。他身上当年那股疯劲儿一点都不见了，常常一个人坐着发呆。朋友告诉我，这都是让他的儿马子给闹的。原来黑旋风一年比一年老了，已经无法承担首领的重任。这一天，芒来流着眼泪，把它送到了喇嘛寺里。这是儿马子的最后归宿。怎么处理老去的种公马，寺里不肯说，但是还会给一些钱让主人去做善事，这也算是儿马子的最后贡献。和儿马子分别的时候，芒来抱着儿马子的脖子痛哭流涕。这时令人不解的一幕发生了：儿马子突然在他的肩上咬了一口。要不是黑旋风已经老迈，这一口足以撕下他一大块皮肉来。

从寺里回来，芒来喝得烂醉，随后卖了马群，再也不当马倌儿。他的精神，从此就一天不如一天了。

战马火龙驹*

战争结束了。骑兵团开始解散。那些曾几何时驰骋疆场,立下过"汗马功劳"的战马,突然面临着一场悲剧命运。

随着一批批官兵的复员和转业,部队也开始处理战马。每有一批人走,都会出现人马生离死别的一幕。那些在战场上铁骨铮铮的汉子们,一

---

* 原载于《天池·小小说》2008年第5期,入选《小小说选刊》2008年第11期,入选2010年10月全国高等教育自学考试中学当代文学作品选试题,被多种选刊、选本转载。

个个抱着马脖子哭得昏天黑地。但哭归哭，他们任何人也无法把心爱的战马带走。而且往往他们前脚走，后脚那匹马就被地方上的人牵走了。有的去拉车，有的去犁田，有的甚至被屠宰。

马厩里的战马越来越少了。最后，只剩下了团长的那匹火龙驹孤零零地留在那里，它每天都发出一阵阵让人揪心的嘶鸣。团长的这匹战马可真是一匹好马。它全身赤红，不带一根杂毛，它腰身长，鼻孔大，四蹄犹如小碗；站在那里犹自威风凛凛，跑动起来快如疾风闪电。团长和战士们叫它"火龙驹"，一致认为它肯定是条赤龙转世。

大凡战马，都能粗通人意，这匹火龙驹就更胜上一筹。在战场上，火龙驹特别清楚自己所处的位置和所担负的责任：每当枪炮一响，它都会长嘶一声，准确地按照团长的意图，带领队伍冲锋陷阵。火龙驹还似乎懂得躲避枪弹，经历那么多的战役，它和团长居然都毫发无伤。

这些天，已办完转业手续的团长一直在为火龙驹的归宿奔忙。开头他想把它带走，但他要去的地方实在太遥远了，带一匹马谈何容易？接着，他就到处奔波，要为火龙驹寻找一个最合适的新主人。

这几天晚上，团长几乎都在马厩里陪着火龙驹过夜。他给火龙驹带来许多好吃的东西，自己也会带来酒菜，他就一边喝酒，一边和火龙驹说话。喝得差不多了，火龙驹就会卧下来，团长靠在它的身上，开始哼唱一些战歌，唱着唱着，人和马都会泪流满面。然后他们就沉沉睡去。

分别的时候终于来到了。这天，团长从外面带着一个人进来，他们站在火龙驹面前，用不同的眼神看着火龙驹。那人说："好马好马！真是好马！"团长就说："你一定要把它照顾好。我会每月寄钱给你的。"两人正说着，冷不防火龙驹突然变得暴躁不安，它长嘶一声，转过身来，连尥两个蹶子，把团长和那个人都踢出几丈开外。

团长爬起来大声吼："火龙驹，你疯了！"那马好像真的疯了，它咆哮如雷，突然挣断缰绳，闪电一样冲出马厩，向外飞一样跑去。

团长无论如何也没有想到，他和火龙驹的分别竟会是这样的场面。

且说火龙驹冲出马厩，一路嘶鸣冲过附近的村庄。在这些村庄中，都有它的"战友"沦为奴隶。这些战马听见火龙驹的叫声，立刻像战士接到命令，纷纷挣断缰绳和枷锁，跟着火龙驹向前冲去。火龙驹身后的战马越来越多，最后浩浩荡荡竟有七八十匹。

马群在人们惊愕的目光中穿过田野，跑进了山里。从此，山中出现了一群野马，首领便是火龙驹。这群野马行动统一，纪律严明，连山中的豺狼虎豹都不敢轻易惹它们。有人说曾亲眼看见马群和狼群打架，在火龙驹的带领下，马群进退有序，最后打得狼群大败而逃。

山中的野马群名气越来越大了，便有人打起了马群的主意，特别是那些失去马匹的人家，还是想把战马捉回来拉车犁地。他们开始三五成群地进山去套马，但每一次都被火龙驹识破诡计，他们要么看不到一根马毛，要么就眼睁睁看着马群绝尘而去。

终于有人想出了一条妙计。这一天,许多人一齐进山,他们带着一些鞭炮,还有一把军号。他们经过一番精心部署,便开始了行动。霎时间,军号声嘀嘀嗒嗒地响起来,鞭炮声炒豆子般响起来,山谷间一时热闹非凡,真像打仗一样。

一阵惊雷般的声音由远及近。烟尘起处,马群风驰电掣般驰来。冲在最前面的,正是高昂头颅的火龙驹。但见它四蹄翻腾,快如流星,仿佛一眨眼,它和马群已到了人的面前。

火龙驹带着马群冲过来,它朝着"枪炮"声和军号声冲来,它们在鞭炮造成的烟雾里往来奔突,高声嘶鸣,显得兴奋异常。但很快,火龙驹就似乎明白过来,它长嘶一声,带着马群掉头就跑。但已经晚了,许多埋伏着的人呐喊着冲过来。他们把马群朝两个方向赶去:一面是出山的路,一面则是悬崖。情急之下,火龙驹带着马群朝着山外跑了一段,突听得轰隆隆一阵响,一些马匹掉进了人们事先挖好的陷坑里。火龙驹大叫一声,带着马群义无反顾冲向了悬崖。

人群号叫着从后面追了上来。

离悬崖越来越近了，火龙驹放慢了脚步，终于在悬崖边上停了下来。这些马纷纷转过身来，看着渐渐逼近的人群。

那些人有的拿着套马杆，有的拿着马笼头，但每个人手里都拿着一把青草，他们挥舞着青草喊叫着，每个人的喉咙都在传递着友好的信息。

随着一声长长的悲鸣，火龙驹前腿举起，像人那样站立起来，它望着逼近的人群，仿佛在猜测着人们的诚意。但终于，它从人们带的绳索上看到了马群的未来。

火龙驹又是一声悲鸣，忽然将身子一纵，就如一道红色的闪电，直扑下悬崖去了。接下来的场面异常壮烈，惨不忍睹：战马一匹接着一匹，随着声声悲鸣不断扑下悬崖……

人们停止了追击，目瞪口呆地看着这一切，每个充满占有欲望的灵魂都被深深地震撼了。

一匹有思想的马*

毛莫利,一匹有思想的马。它是一个神,是上天派来帮助我的神。

那年我们怀着无限的憧憬,来到草原插队落户。草原却完全不是想象的那般模样,这里丘陵起伏,高山险峻,一马平川的地方寥寥无几。我们来到草原的第二天,嘎查村里就给我们每人发了一匹马。嘎查村党支书用不太流利的汉语说:

---

* 原载于2015年11月20日《文艺报》,入选《小小说选刊》2016年第1期。

"在草原上如果没有马,就像人没有腿一样。"

我一眼就看上了马群中的毛莫利。但是村支书告诉我,这匹马太烈,别说我,就是他们也很难驯服它。我不信,刚往它跟前一凑,它立刻咆哮如雷,两腿直立,两眼瞪得犹如铃铛,那架势好像要一下把我吃了。我犹豫了一下,就从挎包里掏出一支笛子吹奏起来。我的笛声悠扬悦耳,我看见毛莫利的目光一点点变得柔顺痴迷。我一步步走过去,就在笛声里和它亲密接触,最后,我竟然一跃跨上了马背。在场的所有人包括蒙古族老乡都惊呆了,都说这简直就是一个奇迹。而我则确信,毛莫利有思想,它懂得音乐。

从此我和毛莫利成为形影不离的亲密伙伴,只要我出门,短笛一吹,它就会如风而来。

毛莫利第一次救我,是在我们下乡的第一年冬天。这天,我们拿着大包小裹,乘坐拖拉机兴高采烈回城过年。风雪弥漫,拖拉机手不辨路径,一下子开进沟里。前不着村,后不着店,我们几乎都受了伤,天寒地冻,寸步难行。绝望之时我忽然想起了毛莫利,就抽出短笛吹起来。翻车的地方离牧人新村有七八里路，大家都说一匹马怎么会听得到。没想到十几分钟以后，一声马嘶响起，我的毛莫利竟然踏雪飞奔而来。大家就像看到一根救命稻草，争先恐后要往它的背上爬。想不到毛莫利又是一声嘶吼，躲去一旁直向我点头示意。我说："不行，我不能丢下大家，要走一起走！"毛莫利怔了一下，竟然掉头飞奔而去。众人齐骂这马见死不救，我更觉得无地自容。

就在我们快要冻僵的时候，只听人喊马嘶，原来是嘎查村党支书带人来救我们了。村支书说，多亏毛莫利回村嘶鸣刨地报信儿并带路前来，他们才顺利找到我们。事后大家才明白：毛莫利当时是想先带我回去报信，见我不肯走，只好自己先走。如果它不这样做，我们大家就会一起完蛋。由此我更确信，毛莫利的确是一匹有思想和智慧的马。

当草原在我们的眼里不再神秘，当所有的浪漫都被现实击得粉碎，我们开始讨厌草原，做梦都想离开草原。离不开，就借酒浇愁，甚至酗酒闹事。这一天，我借着酒劲，和一个跟我抢夺女朋友的知青打了起来。因为没打赢，我恼羞成怒，冲进厨房拿了把菜刀，开始在草原上拼命追他，一心要把他砍死。眼看就要追上了，闪着寒光的菜刀马上就要劈到他的脑袋上了……就在这个时候，我突然感觉自己的身体腾空而起，像鸟一样飞了出去，重重地摔在草地上。我抬头一看，只见毛莫利在那里竖起前腿，对我生气地嘶鸣。过后大家都说，我们谁都追不上你，是你的马飞奔过去叼住你的衣服把你甩了出去，不然你就是一个杀人犯了。

日子终于有了希望，国家恢复高考了。我借故回城复习了一段时间后又回到草原，准备在当地参加考试。没想到大雪纷纷扬扬，竟下了三天三夜。到了第四天，依然没有停止的意思。嘎查村党支书怕出危险，劝我们放弃，并拒绝出车送我们去考场。最后我一个人来到马厩，对毛莫利讲述了事情的紧迫性，我说："伙计，我的命运能不能改变，就看你的了。"毛莫利眨巴着大眼睛，好像听懂了，因为它不断向我点头。第二天一大早，天还黑着，风雪正紧，我和毛莫利偷偷地出发了。开始还很顺利，后面越走越难。有的地方积雪已到马肚子，人和马与其说走，不如说爬，在冰天雪地里一点点地爬。

最要命的是，我们遇到了一群狼！

这显然是一群饥饿的狼，这从它们的眼神里可以看得出来。在荒无人烟的雪野上，一人一骑遇到一群饥肠辘辘的狼，后果可想而知。我心里连喊完了完了，我甚至已经看到我和毛莫利的尸体被群狼分食的景象。就在这时我突听毛莫利一声嘶鸣，它载我奋力跃上一个山坡，然后以蹄敲地，不断嘶鸣。我在它的嘶鸣声里找回了勇气，毅然拿出一沓复习资料用打火机点燃，举起来挥舞，我和毛莫利一起发声喊，居高临下以泰山压顶之势冲向群狼，群狼竟然被吓得四散奔逃⋯⋯最后，毛莫利终于带着我及时赶到了考场。

第二年春天，当我金榜题名，准备彻底离开草原的时候，毛莫利却不知所踪。我找遍草原，喊哑了嗓子，依然不知它去了哪里。我带着深深的眷恋和遗憾离开了草原。

后来知青战友告诉我,多天以后,有人在草原那座最高的山上发现了毛莫利的尸体。马死一般都是躺着的,但是毛莫利的尸体却是趴着的。它头颅所冲的方向,正是我离开草原的必经之路。也就是说,毛莫利当时就是在这里默默地为我送行的。

哦,毛莫利,我的神啊!你的的确确是一匹有情有义有思想的好马啊!

马语者*

那匹黑马，已经闯入他的梦境好几回了。黑马瞪着一双愤怒的眼睛，前蹄刨地，嘴巴嚅动，好像在对他说着什么。可是他听不清，也听不懂。他非常奇怪，这匹马是从哪里来的，曾经跟他有过什么恩怨。他半生养马无数，但是对这匹马一点印象也没有。

他隐约觉得，这可不是什么好兆头。

---

* 原载于《西部》2021年第3期，入选《小小说选刊》2021年第12期。

果然,他就接到了侄儿的电话,说今天拍马场出事了,马群炸群了。那些平日温顺的马儿,忽然变得狂躁不安。也不知道是哪匹马带头嘶鸣一声,马群立刻就像接到命令似的,开始向四面八方奔突逃窜。这倒不怕,山谷四周都有围栏呢。可怕的是它们竟然疯狂冲向那些"拍客",撞倒的撞倒,踢伤的踢伤,现场一片混乱。

黑马!

他的脑子里立刻打了个闪,把这事和梦里的黑马联系在了一起。他一边开车往拍马场赶,一边分析判断,难道,这匹黑马是神马,是特意前来提醒我什么的?

出了城,走高速又走乡道,一路上都可以看见他为拍马场做的广告。他为拍马场付出的心血和成本,由此可见一斑。眼看"拍马事业"蒸蒸日上,他终于可以回到城里远程指挥了,怎么会突然出现这样的事故呢!

前面的山谷,就是他花重金打造的新景区——拍马场了。景区围绕"拍马"这一中心,兼营骑马体验、马术表演等许多服务项目,平日里人气很旺，今天却冷冷清清。他不由得着起急来。

侄儿正在景区门口等他，他下了车，开口就说："黑马！咱的马群里有多少匹黑马？"

侄儿瞪着眼看他，好像没反应过来："黑马，黑马咋了？"

"肯定是黑马带头作乱！"他说，"走，带我去看马群！"

二人走进山谷，直往山的最里面走。那里，就是养马的地方。路上他们经过拍客平台，他不由得站住，详细询问出事的情况。

"拍马"，是他一手创办的新兴行业，就是把越来越没什么用处的马匹收集起来，放养在这山谷里，专门供摄影爱好者拍照。不是那种一人一骑摆姿势拍照，而是要营造万马奔腾的场面。每天，都有各地拍客来到这里，买票入场，等时间一到，上百匹马儿就在马倌的驱赶下，居高临下从山谷里冲出来，声若巨雷，气势宏大，令人震撼。马群还会冲过一片水域，马蹄下水花四溅，那些拍客要的就是这个效果，门票再贵也要来拍。

现在他们走进了马群,开始审查黑马。黑马有二十几匹,他一匹匹地看,希望能有一匹和梦境里的一样,但是没有。他最后对侄儿下令:把这些黑马都处理了吧。

处理掉黑马以后,马群还真的平静了几天。但是这天夜里,那匹黑马却又重回他的梦境。这一回,它显得更加愤怒,前蹄刨地迸出了火花,它的眼睛里充满讥讽,颜色也开始不断变化,一会儿黑,一会儿红,一会儿花。紧接着,就如放电影一般,他的梦里又出现了许多匹马:一会儿是声势浩大的战争场面,无数战马载着战士冲锋陷阵;一会儿又出现了农村的场景,马儿在卖力地拉车犁田……最后竟然出现了他的拍马场,拍客在排队买票,然后他们举着相机、手机,追逐着马群拍啊拍。黑马嘴巴嚅动,好像在斥责他,但他还是一句也没听懂。

早上醒来,他感到头痛欲裂,忽然意识到大事不好,急忙命令侄儿,今天不要开放拍马场了。可是侄儿却说,票已经卖出了,如果停业,要赔很多钱。最后,他还是被金钱打败了。

这一天,他目睹了马群炸群的情景:随着一声巨大的嘶吼声响起,一匹匹马儿突然变成了一支支利箭,纷纷射向四面八方。更有几十匹矫健的马儿,扬鬃奋蹄,山呼海啸般朝着拍客冲来,那些人一时间连滚带爬,喊爹叫娘,屁滚尿流……

这天,他惶恐不安地处理完"善后事",很晚才睡。刚一闭眼,就看见那匹黑马又来了。这一次,它的鬃毛都竖起来了。他慌忙俯身下拜,连连道歉,大声说:"马神啊,我知道你是马神,求你放过我的拍马场吧。不错,我确实在依靠马群赚钱,可是我对马群也不错啊!再说我的本钱还没收回来啊!"他看见黑马高昂着头颅,居高临下轻蔑地看着他,后来它又开口说话了,而且这一次他竟然听懂了,只听黑马说道:"你们人类,真的是太自私、太贪婪了!你们想尽花招,究竟想把我们马族压榨到什么时候呢?"

他打了个激灵,突然醒了。恍然间,他好像明白了什么,又好像什么也没有明白。第二天,他咬牙做出决定:关闭拍马场,还马儿自由。

野兽列车*

紧赶慢赶，任华贵终于登上了最后一班地铁。他擦了一下头上的热汗，找了个空座坐下来；猛一抬头，全身的冷汗却又"唰"地冒了出来：任华贵看见周围坐着或站着的，全部都是野兽！

任华贵吓得全身打战，他想叫，又想哭，他

---

* 原载于《小说月刊》2010年第9期，入选《小小说选刊》2010年第19期，与其他九篇作品一起获得第四届小小说金麻雀奖。被多种报刊文摘转载。

恐惧到了极点。他使劲闭了一下眼睛又睁开，希望自己刚才看到的是幻觉，但不是，不同野兽的嘴脸又映入了他的眼帘。他清清楚楚地看见，和自己并排坐着的，是几只穿着花裙子的黑猩猩；对面座上的，是一群穿西装、打领带的猴子；两只笨拙的狗熊穿着肥大的运动服，正大模大样拉着吊环站在他的眼前。那边的景象更为可怕：老虎、狮子、野狼，有的在座椅上打瞌睡，有的在互相说话……整个车厢不见一个人的影子，全部都是模仿人类行为的野兽！

任华贵吓得再次闭上眼睛，恨不能马上变作一只蚂蚁钻进地缝里。他还偷看了一眼身下的座椅，看看能不能钻到底下去躲避。接着他就盼着地铁早点到站。他想：只要地铁一停，他就猛地蹿出去，那样他就安全了。

但是地铁到站却没有停，而是呼啸而过，并一头钻进了一个深不可测的隧道里。任华贵一急，不由得大喊了一声："怎么不停车啊！"

就是这一嗓子，使得任华贵立即陷入绝境。他忽然觉得整个车厢一下子静了下来，静得连一根针掉在地上的声音都能听得到。他拿眼一扫，不由得肝胆俱裂：他看见车上所有的野兽都在用惊悚的目光看着他，所有的目光集中在一起，就像一把利刃直刺他的心脏。他知道自己这回真的是死定了，不由自主地跳起身来，准备进行殊死搏斗。

但是接下来的事情却大大出乎他的意料，或者说根本就不可思议。他听见车厢里忽然到处响起了惊恐的叫声，随后便是一阵莫名其妙的混乱。所有的野兽一起背对着他，争先恐后地向其他车厢里逃窜。它们互相拥挤，践踏，呜里哇啦地拼命嚎叫，将两边的车门挤得水泄不通。落在后面的野兽还不时回头看他，那种眼神就像他刚才看见它们时一样充满恐惧和绝望。

只用了两分钟的时间，任华贵所在车厢里的所有野兽便逃得干干净净。而且，他又听到两边的车厢里也隐隐传来了慌乱的叫声。任华贵收了架势，一时愣在了那里，他不明白为什么会出现这样的局面。他朝窗外看看，列车仍在飞驰，因为是在黑乎乎的隧道里，所以车窗玻璃上就映出了他的影像。他仔细看了看，自己并没有变成怪物啊，怎么所有的野兽都那么害怕自己呢？

任华贵重新坐下来，开始思考这个问题，可是越想越糊涂。是啊，今天的一切本来就是糊涂的。难道自己是在做梦，或是自己已经死亡，来到了另外一个世界上？任华贵对自己又掐又拧，检验了半天，结论是自己依然活着。

列车继续飞驰，隧道好像没有尽头。任华贵以前在报纸上看过，一艘船正在海上航行，突然就不见了，它驶入一条神秘的隧道里面去了。地铁列车难道也会出现这种情况？不错，这是最后一班地铁，乘坐着大批野兽。天啊，自己误入其中，再也回不了家了……

任华贵悲哀地站起来，开始向车头的方向走去。他实在不甘心就这么一去不返。他在人间还有许多事情要做，还有许多东西难以割舍：金钱、妻儿、房子、情人……他不能就这么不明不白地消失了啊！他想：快去别的车厢找找，看看能不能找到一个同类，最起码开地铁的应该是个人吧。

任华贵推开了另一节车厢的门，他首先听到的就是一阵鬼哭狼嚎，他看见这节车厢里百分百也都是野兽。它们看见他进来的第一反应便是转身逃跑，逃得是那么急迫，就跟人类遇见洪水猛兽时的反应一模一样。任华贵只往前走了十几步的光景，这节车厢里的野兽就又逃得一个不剩。他接着再走进另一节车厢，情况也是如此。这样走了几节车厢，任华贵突然想明白了：不错，人是这个世界的主宰，在野兽的眼里人当然是最强大和可怕的，何况现在是在人类制造出来的地铁上。他的心中一时竟然生起了无限的快意，心想，老子倒要看看你们能逃到哪里去。任华贵加快了速度，又穿过几节车厢，果然，前面的车厢已经挤满野兽，野兽们无处可逃了。

这时任华贵看见，众野兽挤作一团，惊恐万状，一派世界末日来临的景象。他每往前走一步，野兽们就一阵战栗哀嚎；任华贵跺一跺脚，它们就连滚带爬。任华贵停了下来，他居高临下地看着它们，想着自己应该做点什么，最后他轻轻地说："蠢货们，还不给我统统跪下！"

野兽们居然听懂了，它们一起齐刷刷地跪在了任华贵的眼前。接着就有两只猴子爬了过来，给他"咚咚"地磕头，舔他脚上的鞋子，眼泪汪汪地祈求着什么。任华贵突然感到一阵恶心，他猛地飞起两脚，把两只猴子踢了出去。看着它们在地上痛苦地翻滚，然后他恶狠狠说："你们这群混蛋，都是你们害得我不能返回人间，我要把你们一个个全杀掉！"

车厢里又静了下来，那是一种可怕的宁静。大概有半分钟的时间，任华贵突然看见老虎和狮子跳了起来，它们又吼又叫，情绪十分激动。任华贵正想上前去教训它们，却突然发现满车厢的野兽都站了起来，一起对他怒目而视，又一起吼叫着向他逼过来，逼过来，任他怎样跺脚吼叫都无济于事……

第二天，城市的晚报上登出一条新闻：一男子深夜乘地铁离奇死亡……

兽兽镜*

自从捡到那面镜子,中学生任灵的生活就被彻底地打乱了。

是合该有事,如果不是跟同学躲猫猫,她这辈子根本就不可能捡到这个鬼东西。当她费力地钻进一蓬树丛里蹲下来时,忽然发现脚下有个什么东西在发光。仔细一看是个放大镜。任灵本来对这东西不感兴趣,但是镜子木把上的几个字跳

---

* 原载于2010年7月26日《羊城晚报》,入选《小小说选刊》2010年第19期。

入了她的眼帘：兽兽镜。任灵立刻捡起镜子左看右看，然后把它放进自己的书包里。直至晚上回家睡觉前，任灵才又想起兽兽镜来。

任灵把兽兽镜从书包里拿出来，在手里摆弄着。在荧光灯的照射下，兽兽镜显得晶莹可爱。正在这时，妈妈走了进来，催她说："你怎么还不睡，明天还要上课呀！"任灵一边点头一边把兽兽镜对着妈妈照了一下，谁知这一照立刻叫她魂飞魄散，她"啊"的一声大叫，镜子飞落到了地板上。妈妈被她吓了一跳，不由得责怪了她几句，然后替她关了灯，走了出去。

任灵在黑暗中呆呆地坐着，刚才那一幕简直太可怕了。出现在兽兽镜里的妈妈，竟然是一只穿着衣服的狐狸，她有尖尖的耳朵和嘴巴，后面还拖着一条粗大的尾巴。自己亲爱的妈妈原来是只狐狸，天啊，这怎么可能呢！任灵蹲下身摸到了兽兽镜，刚拿起来又像烫着了一样把它摔在床上。她对它低声喝道："坏镜子，你开什么玩笑！你再使坏我就把你扔出去。"这一夜，任灵没有睡好。

第二天任灵就有了心事。她把兽兽镜带在身边，总想把它拿出来却总没拿出来。她也想把这件事告诉自己的好朋友关月，但是她又不知道怎么说才好。好不容易挨到下午放学，任灵匆匆回家，以最快的速度写完作业，然后就带着兽兽镜爬上了天台。在确信四下无人以后，任灵便小心地把兽兽镜对准了楼下的行人。这一看，任灵简直惊骇万分：只见街上来来往往的，全是各种各样的动物，狼、虫、虎、豹、熊、猴、羊、鹿……比她在动物园里看到的种类还要多。无论他们的穿着打扮有多高贵，动作有多潇洒，开的车子有多高档，但是只要用兽兽镜一照，他们就统统原形毕露了。

这时，任灵看见爸爸的车子驶入了小区。车子停稳，爸爸从车上走了下来。爸爸在一个单位当领导，他身材高大，既酷又帅，任灵一直以有这样的爸爸而自豪。她犹豫了一下，还是把兽兽镜对准了爸爸。这一照，任灵的心一下就跌入了冰谷：拜托上帝，爸爸怎么会是一只大灰狼呢！任灵不由得在天台上哭了起来。

任灵一下子就和爸爸妈妈疏远了。爸爸妈妈明显感觉到了，却不知是为什么。找她谈，她却什么都不肯说。过了几天，任灵终于忍不住把这一秘密告诉了关月。她们带着镜子去关月家一照，结果更惨：关月的爸爸妈妈居然是两只老鼠。

接下来，两个女孩手持兽兽镜，对班里的同学、老师、校长逐一进行了检测，检测结果使她们一次次目瞪口呆。同学有的是猴，有的是狗，还有的是猫，是鼬。最让人吃惊的是大家都尊敬的班主任老师，他居然是只大狗熊；令人敬畏的校长呢，居然是头野猪。

世界全变了，一切颠倒了，人兽难分了，末日来临了！

两个女孩承受不了这样的打击，她们的精神有点恍惚，有点抑郁，甚至有点歇斯底里。她们终于被各自的家长送进了医院。她们在医院里又见面了，相对无言。有一天任灵忽然说："关月，我们以前光照别人了，我们还没有照过自己呢。"关月说："是啊，那我们就互相照照吧。"

任灵先照了关月,她说:"天啊,你原来也是一只老鼠啊!"

关月又照了任灵,她说:"我的妈,原来你既不是狐狸,也不是狼,你是一只兔子!长耳朵的兔子!"关月把手放在耳朵两侧比画着说。

她们感到一阵难过,后来却又是一阵高兴。任灵说:"原来我们也和大家一样啊!"关月说:"这就对了,不然咱俩该有多么孤独啊!"后来她们又一起说:"原来人和动物是一家人啊,不过是人不知道自己的本相罢了。"

两个女孩很快就出院了。兽兽镜呢,又回到树丛里去了。

通 灵*

他去山上寻找灵感回来,又听见他住的老屋里传出乐曲声:见鬼了!

门明明白白地锁着,窗子清清楚楚地关着,可桌子上的录音机却在吱吱哇哇地唱着,播放着他的天才作品——那些在一次音乐大赛中被无辜冷落的高雅乐章。

---

* 原载于1992年6月9日《赤峰日报》,入选《小小说选刊》1992年第8期,入选《中国小小说八大家》等多种选本。

这一次他是特意留了心关掉的,不会像前两次那样记不清临走是不是关了录音机。可录音机还是响了!

他开门进去,屋里空空如也。录音机兀自在唱。鬼耶?神耶?他竟有点毛骨悚然。

他不由自主地记起《聊斋志异》里面的一些故事来了。

他的眼睛仔仔细细地在各个角落里搜索,希望能发现一点蛛丝马迹。现在他觉得倒有趣儿,人世间冷落我的作品,冥冥之中却有"知音"。不要怕,应该和它交个朋友……然而屋里什么也没有。

第二天,他又按时出去了,但没有上山。他先是躲在屋后,又慢慢溜到窗前窥探。

屋里到处散发着古旧气,那张破高桌孤零零立着。切莫小看了那破高桌,当年他被下放时就是在那上面奋笔疾书,从而一举成名的。后来他又在高楼里的大写字台前创作,却无人买账。没办法,他便又到这荒山野岭的水闸房来乞灵于破高桌了。

屋里的什么地方响了一下，他再看时，高桌下面已经出现了一个黄黄的小东西！啊，竟是只黄鼠狼。

他不知为什么感到一阵失望。

黄鼠狼开始爬高桌了，它用爪子抱住高桌腿，像人爬树一样往上蹿，刚爬了一半，"唰"的一声，又滑落下去，再重爬……一连折腾了十几次，黄鼠狼终于爬上了高桌。它像人一样站着走到录音机前，把键按了下去……

黄鼠狼先是站着歪着头听，渐渐便扭呀扭呀舞蹈起来。他在窗外无声地笑了，继而心中又涌上了一种委屈的情绪，谁说我的音乐晦涩难懂、洋味太浓？请到这里来看看吧。

他竟由衷地感谢起这小东西来。

一直等到录音机磁带到头，黄鼠狼才意犹未尽地溜下桌去。

他进了屋，不假思索地找了几块小木头，在那高桌腿上钉了几个小跐凳。

又到了那时间，他的"知音"又至，在钉跐凳的桌腿前转了几圈，往上爬了几步，不知为什么又退下来,奔到另一条高桌腿那儿。反复十几次,才爬了上去。他在外面直替它着急。

第二天,他又把另一条高桌腿钉了趿凳。

然而,小东西仍不肯走捷径,又去爬第三条腿。

他实在不忍心"知音"费那么多力气,一鼓作气把另外两条腿也钉上了。

黄鼠狼又来了,它绕着桌腿跑着,跳下一个又上另外一个。四条腿转完了,它显出焦躁的样子,往后退,再退,用力往桌上蹿了几下,上不去,竟转身溜出门去。

从此黄鼠狼再也没来。

他不解地望着那四条腿发怔,蓦地,霹雳在耳畔炸响,闪电撕开浓黑的夜空,狂风吹动巨石,在山崖上撞得火光闪闪……杂乱无章但雄壮有力的乐曲滚滚而来。他全身战栗了!

啊,灵感!

中国狼*

一队日军在荒原上前进。

前面是几辆摩托车开路,摩托车上架着机枪;后面的士兵一律着棉大衣、牛皮靴,肩扛"三八大盖"。他们趾高气扬,目空一切,就连那面膏药旗,也很嚣张地飘动着。

他们是胜利之师。自从进入中国东北,就没

---

* 原载于《小说月刊》2012年第4期,入选《小小说选刊》《微型小说选刊》《2012中国年度小小说》,获《小小说选刊》2011—2012年度全国小小说佳作奖。

有遇到过像样的抵抗。像他们这样一支三十多人的队伍，就可以轻易地占领一个县。

不过就在昨天，他们还是和一支杂牌军打了一仗，双方各有死伤。现在，他们就是去"清剿"那支杂牌军的。他们非常自信，那支杂牌军根本就不堪一击。

正行进间，忽见前面路旁的山坡上有什么东西在活动。指挥官举起望远镜看过去，原来是一群狼在山上嬉戏。其中有一只望风的狼，就像人一样站起来向这边张望。

日军越来越近，但是狼群没有躲避的意思，照玩不误。这使得指挥官心里很不舒服，感到大日本皇军的威严受到了挑战。"八格牙路！"他骂着，伸手从腰间掏出了"王八盒子"，瞄都没瞄，甩手就是一枪，但见那只两腿站立的狼一头便栽倒了。

狼群一下子停止了活动，一起抬头向这边看。指挥官又向身边的机枪手摆了一下头，"嗒嗒嗒"，马上一梭子子弹扫过去，又有几只狼倒下了。只听见一声嚎叫，狼群这才仓皇地向山顶逃去。

日军士兵立刻爆发出一阵欢呼声，齐声称赞他们的指挥官。指挥官趁机振臂高呼："大日本皇军永远不可战胜！"士兵回应，他们的口号声在山谷间久久回荡。

队伍的士气更加高昂。当他们又走了一段路后，却听见四周突然响起一种令人胆寒的叫声。那声音或高亢，或凄厉，或悠长，或急促，远远近近，起伏跌宕，组成了夺人魂魄的强大合唱，让人毛骨悚然。指挥官的脸"唰"地变白了，他大喊一声："全速前进！"队伍飞快地向前冲去。

但是一切都已经晚了！

只见四面八方的山头上、野地里，也不知道霎时从哪里来了那么多狼。它们相互呼唤，蜂拥而至，将这队日军活生生包围在一片狭长的山谷里。

日军指挥官知道自己犯了大错，他不该忘记任务，去招惹自在玩耍的狼。他命令部队停止前进，呈战斗队形散开，然后拔出指挥刀吼道：

"大日本天皇的武士们，我们连'支那人'都不怕，难道还怕'支那狼'吗？射击！"

一时间，机枪声、步枪声、手榴弹的爆炸声及狼嚎声，在山谷间响成了一片。日军的火力的确够强大，狼群一批批地冲上来，很快一群群地死去，狼尸在日军周围几乎堆成了小山。但是狼实在太多了，而且好像根本就不怕死，它们前仆后继，同仇敌忾，死死围住日军，不让他们有半点喘息的机会。

太阳西斜，指挥官开始绝望。他仰望苍天，嘴里轻轻地说："天皇陛下，你要保佑我们啊，我不相信我们这样一支所向无敌的队伍，会被一群中国狼打败。"

太阳快落山时，群狼突然停止了进攻。它们蹲伏在四面的山头上，好像在开会。指挥官急忙命令士兵吃干粮，清点弹药，准备突围。

暮色苍茫，山上的狼嚎声一阵紧似一阵。日军这时已经收拾停当，准备边打边撤。突然一阵狼嚎响起，但见成堆的狼尸后面，腾地跃起无数只狼来，三纵两蹿，已经来到了日军的眼前。

原来群狼以停止进攻为掩护，趁着日军吃饭的空当，派出部队贴地潜行，犹如神兵出现在日军面前。

日军猝不及防，机枪、步枪无法开火，一时陷入了人狼肉搏的局面。很快，就响起了日军士兵哭爹喊娘的惨叫声。指挥官挥刀大喊："各自为战，撤退！"他一手舞刀，一手拿枪，企图杀出一条血路。无奈狼以百倍的仇恨和疯狂扑上来，将他猛地扑倒、撕烂，并将他的尸骨吃得一点不剩。转眼间，一队日军全部进了狼腹。

群狼似乎还不解恨，又将日军所有能咬的东西全部咬碎，这才嚎叫着散去。

据说，日军准备去"清剿"的那支杂牌军远远看见了这场人狼大战，他们对群狼视死如归的精神钦佩不已。之后他们主动掩埋了狼的尸体，并以"中国狼"为部队旗号，成为一支让日寇闻风丧胆的队伍。

野狼谷*

野狼谷过去不叫野狼谷,叫阿斯哈图。蒙古语的意思是"险峻的山石"。

一天,有个姓胡的老板到草原上来玩,一眼就看中了这地方。他动用关系很快把这里承租下来,接着在山谷两端建起了山门,又在里面围起了五六米高的铁丝网,他还在铁丝网外面建起了几排房子,谁也不知道他要搞什么名堂。

---

* 原载于2018年10月22日《羊城晚报》,入选《微型小说选刊》2019年第1期。

一个月后,一辆密闭的卡车开进了山谷,一直开进铁丝网里。车厢打开,里面竟然跳出十几只野狼来。野狼们在稍微镇定一下以后,立刻开始东奔西窜,但是随着铁丝网出口关闭,它们就永远被囚禁在这数平方千米的牢笼之中了。

紧接着,山门那里竖起了"野狼谷"的巨大招牌,那几排房子里也住进了一些男男女女,有的负责饲养野狼,有的负责在山门那里售票。草原上一个新的旅游景点,就这么诞生了。

你还别说,胡老板这个商机抓得真好。如今,草原上根本看不到狼的踪影,就算有狼,游客也无缘看见。但是现在你想一睹野狼的风采,就可以到野狼谷来,花上几百块钱,进去就可以看见真狼了。你可以隔着铁丝网和野狼合影,胆子大的还可以进入铁丝网里,在有人保护的情况下为野狼投食。另外还有狼群捕食活鸡、野兔,甚至是活羊的表演。有时还会把鲜肉挂在树上,看野狼平地跃起抢食。一时间,观者如云,大把的钞票流进了胡老板的腰包。

但是这样的日子毕竟太短暂了,随着夏秋

脚步的远行，就很少有人到野狼谷来了。这天，胡老板冒着严寒，亲自到野狼谷来视察，他那双狼一样的眼睛立刻发现了许多问题：给狼喂食太多，大冬天的还每天一喂，竟然还有活食；狼崽生得太多，居然一下多了七八张嘴；还有，雇用人员太多……

胡老板当即下令：以后每四天投食一次；狼崽只留四只，干掉一半；人员也减掉一半。他干脆利索部署完毕，就开起他的大奔，下山回城去了。但是几天之后，野狼谷那边就打来了紧急电话，说野狼们集体绝食了。

嗯？狼还知道集体绝食，这个倒挺新鲜。胡老板只好开车再回野狼谷。

野狼谷的工作人员，现在只剩下三四个人，负责人是胡老板的本家兄弟小胡。小胡向他报告说，自从减少投食，特别是处死了几只狼崽以后，狼就开始彻夜嚎叫，不吃东西。据他观察，带头的应该是那只黑狼。

于是，胡老板就让大家穿上防护服，手持砍刀和棍棒跟他进了狼圈。现在，狼群就卧在狼圈的一角，见人进来，竟然不动。胡老板看到了那只黑狼，果然高大威猛。它半蹲在那里，目光冰冷凶狠，充满仇恨和杀气，此时它正在死死地盯着他看，这不由得使胡老板的头皮一阵发麻。这时他又看见，地上扔了不少冻肉，狼的肚子瘪瘪的，但它们就是不吃。

胡老板站在那里看了一会儿，他突然对小胡拳打脚踢，口中骂道："混蛋，你们怎么能这样对待这群宝贝呢？！它们也是生命呀！从今天开始，你们必须善待它们，必须保证每两天喂食一次。还有，不许再害它们的孩子！"

小胡被打得莫名其妙，想分辩，却被胡老板拉出了狼圈。奇怪的是他们刚走，狼群就开始进食了。胡老板一边给小胡赔礼一边说："你们看见没有，这些家伙多通人性，必须动心眼对付它们才行。"

这一天胡老板没走，他留下来，专门和大家一起研究怎样干掉黑狼。

第一个办法是把它引诱出来，单独捕杀。但是这家伙精明得很，无论怎样引逗驱赶，它就是不肯和狼群分开。第二个办法是毒杀。他们发现每次投食的时候，总是黑狼第一个进食，它吃饱了，其他狼才能吃。于是他们就特意选了一块鲜肉，往里面加了毒药，然后扔进去。

黑狼来了。它慢慢地迈着步子走过来，显得不慌不忙。它的两只眼睛灵活转动，目光如电。它低头嗅了嗅这块肉，抬头看了看饲养员，也许它从饲养员不自然的眼神里发现了什么，于是它就叼起这块肉，走到一只似乎在生病的狼跟前，放下肉，让它吃。那狼受宠若惊，奋力吞咽，却很快倒地，抽搐而死。

黑狼转过身来，冲着圈外的人就是一声长嚎，随后所有的狼都嚎叫起来。吓得胡老板等人赶紧锁门抄家伙。但是狼群嚎叫一阵以后，把那只狼的尸体拖到一边，又开始趴到狼圈一角不动了。

狼群又开始绝食。胡老板在外面看着黑狼说："老子就不信整不死你！"他立刻开车进城，千方百计弄来一支麻醉枪，又和大家全副武装，杀气腾腾地走进了狼圈。

但是他们犯了一个致命的低级错误，就是进来的时候，忘了关圈门。正当他们手举刀枪，一点点接近狼群的时候，黑狼突然一声低吼，竟然带着狼群跃起，直直地朝人群冲来。人群惊慌失措，正要抵抗，却不料狼群突然拐弯，绕过人群，闪电一般直朝圈门那里奔去。还没等大家反应过来，它们已经冲出狼圈，钻进了满是树木巨石的山谷……

野狼谷很快关张，但是这里却成了真正的野狼谷。

怀念狼*

郎教授开着车,终于在草原上找到了传说中的野狼谷。

他先是看见了山嘴的那几间空房子,随后又看见了一些零星的木桩和片段铁丝网,再走近,他感觉这座山谷和丛林,透着一股杀气。郎教授一直把车开到空房子跟前,下了车,又朝山谷里看了半天,然后他说:"野狼兄弟们,我来看你

---

* 原载于《芒种》2020年第6期,入选《中国当代文学选本》第2辑(中国言实出版社)。

们了。"

听说这里过去是一个旅游景点,热闹非凡,"野狼谷"就是那时候取的名字。山谷里面养着多只野狼供人观赏,可是有一天野狼造反,冲出铁丝网逃入山林,从此,这里就成了真正意义上的野狼谷。大白天的,一般人也不敢轻易到这里来。

但是郎教授不怕。郎教授现在找的就是野狼。要知道,他可是研究野狼的专家,是"狼文化"的倡导者,说白了就是个"吃狼饭"的人。只要在搜索引擎上输入郎教授的大名,你就可以看到他的著作以及他到处去宣讲"狼文化"的身影。

现在,郎教授开始从车上往下拿东西。他选了一个单间,把吃的喝的、铺的盖的都拿了进去。还不错,这个单间居然还有门窗,里面还有一个床架子。他又去找来几块木板搭上去,竟然可以睡人了。然后他又把损坏的门窗修理加固了一下,满意地笑了。他要在这个地方待上几天,他此行的目的就是要与野狼亲密接触。

郎教授姓郎，从小喜欢狼，长大后研究狼，但是直到现在，他还没有亲眼见过野狼。他生活在大都市里，只是在动物园里见过关在笼子里的狼。有一年，听说城郊打死了一只野狼，他赶去察看，却发现那不过是一只哈士奇——那种长得像狼的狗。他以前也曾到草原寻狼，但是草原上已经很难见到狼的踪影。后来他终于听说了野狼谷……

第一天晚上，郎教授听到了野狼的嚎叫声，而且好像就在附近。郎教授不但不怕，反而很兴奋，爬起来到外面去用手电四下照射。早上起来，他简单吃了点东西，就挎起相机，手拿一根拐杖，进山去找狼。

山谷间，长满了以桦树为主的各种树木，深秋时节，金黄的树叶与白白的树干相映成趣。有风吹过，树叶飘零，簌簌有声，这使得整个山谷显得更加沉寂和荒凉。郎教授走进树林，他感觉那股杀气更重了。果然，他很快就发现了狼的足迹，发现了带有动物毛的野狼粪便。郎教授打开相机，"咔咔"一顿猛拍。

越往山里走，他感觉杀气越重。第六感告诉他，他已经被跟踪了。看看四周，却什么都没有，只是头皮一阵阵发麻。不过郎教授却喜欢这种感觉。他知道，他离野狼越来越近了。他开始高声喊叫，又学狼嚎，爬上山顶四下观看，就像个疯子一样。

当天下午，他在临时宿舍里睡了一觉起来，听见外面有动静。他打开门往外一看，不由得惊呆了：但见夕阳之下，房前屋后，还有他的车顶上，竟然蹲伏着十几只野狼。

啊！狼，日夜想念的野狼，就这么猝不及防地出现在他的眼前！

不知道为什么，他的第一反应竟然是关门顶门，然后心儿狂跳，喘气粗重。过了一会儿，听听外面没有动静，他小心翼翼趴门缝往外看，发现狼群依然在那里没动。只有一只黑狼，人一样立着，趴在窗上往屋里看，黑狼看来是只头狼。

现在，他必须考虑怎样与野狼兄弟们见面了。日思夜想的时刻到了，你这个姓郎又吃狼饭的著名教授，总不能上演叶公好龙的把戏吧？郎教授手抚胸口镇定了一会儿，他忽然想起自己带的香肠、火腿，就去拿出一些，轻轻打开门，丢了出去。

群狼轰地乱了一下，开始嗅着地上的火腿、香肠，但是它们不敢吃，直到黑狼上前鉴定了一番，叼起一根最大的火腿走到一边，群狼才开始疯狂抢食，不断发出像狗一样的咆哮声。乘着这个工夫，郎教授端起相机，"咔咔咔"又是一阵猛拍。

群狼很快吃完了，一起抬头看着郎教授，眼神瞬间就充满了杀气。郎教授夯着胆子向它们挥了挥手，刚想说句"大家好"，没想到他的这个动作却引得群狼作势攻击。那只黑狼更是厉声咆哮，一下子猛扑过来。要不是郎教授急速一躲，他险些就被扑倒。郎教授吓得急忙退回屋子，把门关死。原来它们竟然这么不识好歹呀！郎教授感到很震惊，很伤心，很委屈。他开始在屋里转圈子，一时不知该怎么办好。后来他忽然意识到，完了，我这不是被野狼包围了吗？看来是有危险了！等下天黑就更麻烦了。他急忙掏出手机，准备打110求救。可是老天爷，他的手机竟然没电了，而充电器却在外面车上。

屋外，野狼开始挠门扒窗了，咆哮的声音不存在半点友好。郎教授的冷汗唰地就下来了。他无论如何都预料不到，他与野狼的亲密接触，竟会是这样的结局。

结局一：郎教授为了自救，不断把火腿、香肠和面包扔出去。丢完了，可是野狼仍然不走。夜里，群狼攻破门窗，残忍地把郎教授吃掉了，这成为轰动一时的新闻。

结局二：在最后时刻，郎教授手拿一本他的著作《狼文化探秘》，突然开门，大义凛然地走出去。面对野狼，他挥舞着手里的书大声说道："你们都给我听好了，我可是为你们著书立说的人，是在人类世界为你们说好话的人。这书就是证据！我是你们的好朋友啊，请你们不要伤害我！"群狼不知道是被他的气势吓住了，还是听懂了他的话，抑或是也吃得差不多了，反正就眼睁睁地看着他上车走了。

结局三：有人路过这里，他们发现了被狼围困的郎教授，把他给救了。

白　鹿*

杨四和王安，在草原上寻找白鹿已经一个多月了。他们带着麻醉枪，住在一座废弃的孤零零的小土屋里，开着一辆破车到处跑，一心要活捉白鹿，运回城里去发大财。

然而，传说中的白鹿，神一样的白鹿，他们却连个影子也没有看到。

---

* 原载于《金山》2017年第3期，入选《小小说选刊》2017年第11期、《微型小说选刊》2017年第14期，被多种报刊转载。

这些年因为政府禁猎，草原上的各种动物就像野草一样蓬勃生长起来，狼、獾、狐等越来越多，鹿呢，就更是成群结队。而且由于草原上的人们长期对鹿友好，鹿群竟然不怎么怕人。有时大白天的，也可以看见它们的身影。

但是，鹿群对杨四他们充满警惕，好像知道他们不怀好意似的。只要他们的破车一露头，它们就会一阵风似的消失在山谷间、白桦林里。后来，两人只好弃车步行，鬼子进村一样悄悄寻找和接近鹿群。有几回，还真靠得很近，可是并没有发现鹿群里有什么白鹿。

有时候，他们假装成游客，去找蒙古族老乡，以小恩小惠的手段，向他们打听白鹿的消息。蒙古族老乡都非常肯定地告诉他们，白鹿确实存在。一般大的鹿群都有一只。白鹿往往是鹿群的首领，它聪明无比，迅捷如风，一般人很难看到它。

蒙古族老乡还讲了白鹿的故事。传说当年康熙皇帝在草原上被敌兵追赶，眼看就被活捉。这时忽然冲来一群鹿，把康熙团团围在中间，救了康熙一命。事后康熙感恩鹿群，就脱下身上的一件白色衣服披在头鹿身上，从此，草原上就有了白鹿。

王安听完这个故事，变成一只泄了气的皮球。他对杨四说："四哥，咱回吧。白鹿这么精，这么神，别说咱找不到，就算找到了，咱也捉不住啊！"

杨四也有点动摇，但是他一想到那个老板答应给一百万元的钞票，他就狠下心来说："还是接着找吧。没听说'世上无难事，只怕有心人'吗！回去，回去你能干个屄！"

他们就继续寻找。

这天傍晚，他们在接近一个大鹿群的时候，竟然隐约发现里面有个白色的身影。他们兴奋异常，不顾雨后草地湿滑泥泞，就像狗一样四肢着地往前爬。近了，更近了，突然，他们发现有几只狼也在一侧匍匐前进，慢慢向鹿群接近。其中一只狼已经准备跃起，扑向它前面的一只小鹿。不知道是因为恐惧还是因为心善，反正他俩同时发出了喊叫声。喊叫的结果，当然是鹿群逃遁，几只狼也逃窜了。他们呢，也失去了一次绝好的机会。

当天夜里，他们在小土屋里喝了一会儿闷酒，就叹着气上炕睡觉。后半夜，他们被一阵挠门声惊醒了。跳起来趴门一看，糟了，外面的月亮地里，十几只狼团团包围了他们的小土屋。一定是傍晚受到惊吓的那几只狼带着狼群来报复了。二人吓得头皮发麻，急忙点起蜡烛，扑过去加固摇摇欲坠的破木门。然后，又从灶膛里掏出没有燃尽的炭火，用木棍夹起来，从门缝里往外扔；还把麻醉枪管伸出去，做出要射击的样子。狼群这才往后退了一些。

然而，炭火很有限，枪又打不响。狼群一阵嚎叫，开始组织新的进攻。这一回，它们有的跃上屋顶，有的冲到两侧，开始用爪子轮流拼命刨土，意欲破屋而入。听着周围哗啦哗啦的扒土声，两人叫天不应，叫地不灵，他们感觉到死神正在向他们一步步逼近……杨四和王安，一对四十多岁的大老爷们，竟然在屋里绝望地哭泣起来。

忽然,他们听见外面传来一阵奇怪的声音,侧耳细听,好像是"呦呦"的鹿鸣之声;随后,他们又听见一阵雷霆之音。扑到门前往外一看,但见在明亮的月光之下,一队由上百只梅花鹿组成的鹿群,正风驰电掣向这里冲来。冲在前边的,是十几只高昂犄角的公鹿;而冲在最前面的,竟然是一只威风凛凛的白鹿!

不错,那的确是一只白鹿!这白鹿,个头比别的鹿大,犄角比别的鹿长,全身上下没有一根杂毛,就像一个白色的精灵忽起忽落,又像一道白色的闪电掠过草原,眨眼已经冲到了近前。只见它把头一低,用鹿角一挑,两只狼已经飞了出去。这时鹿群同时杀到,群狼哀叫着立即狼狈逃窜……

两个人在屋里看得呆了,也看傻了,半天他们才反应过来,喊着:"白鹿!我们看到白鹿啦!"急忙打开门冲了出去。

鹿群看到他们,轰隆隆避出去很远。只有白鹿没有跑,它侧身站在那里,两只乌黑发亮的眼睛望着他们。在月亮地里,白鹿好像通体发亮,站在那里就像是一尊神。它的眼神宁静安详，友好地看着他们，好像有话要说。最后它用蹄子刨了刨地，又朝他们点一点头，这才轻快地跑开；跑出去很远，还回头望了他们一眼。

杨四和王安，就像被施了定身法似的，半天才扑通跪倒在地，边磕头边说："白鹿啊，谢谢你救了我们的命啊！"

第二天一大早，杨四和王安就开着破车，悄悄离开了草原。

鹿衔角[*]

来了，来了，那头野鹿果然又准时出现在清凉山的那面山坡上，而且它的嘴里，竟然衔着一只鹿角！

简直太神奇了！简直太震撼了！简直太伟大了！简直太不可思议了！

---

[*] 原载于《精短小说》2017年第9期，入选《小说选刊》《小小说选刊》《微型小说选刊》《中学生阅读》《小小说月刊》等多种选刊，以及现代出版社《2017中国年度作品·微小说》等选本，获"悟道杯"全国小小说大赛二等奖。

老孔激动万分地迎上去,他不由自主地掏出手机,想把这千古奇观拍下来,再拍下来。

可是那鹿却猛然停下脚步,警觉地看着他,甚至要转身离开。老孔急忙把手机装回衣袋,并举起两手示意。野鹿这才重新迈步向他走来,一直走到他的面前。老孔看见鹿的两眼清澈如水,充满友善;它停下脚步,放下鹿角,又开始用力摇晃头颅,一会儿,它留在头上的另外一只角也掉在了地上。

老孔感动极了,伸手摸了摸鹿头,喃喃地说:"老伙计,你还好吧?"

野鹿温顺地低头让他抚摸,并伸出舌头舔他的手。人和鹿四目相望,似有千言万语。不远的树林里突然响起了几声呦呦鹿鸣,野鹿全身一震,立刻向老孔摆了一下头,向山上跑去。快进树林时,它又停下来,回头望着老孔,举头向天,发出几声"呦呦"的叫声,好像在和老孔告别。随即,它的身影消失在密林里……

一连三年了,老孔每年都会在春日的这一天进山来看望这头梅花鹿。这鹿每年都会为他奉上一对鹿角。他把鹿角带回城里,要么送给朋友,要么拿去卖掉。一对鹿角,可以卖到一两千块。

老孔和这头野鹿的友谊,开始于那年他和几个"驴友"到著名的旅游胜地悟道村游玩。在清凉山里,他因为掉队迷路,邂逅了这头受伤的野鹿。这鹿不知受到了什么野兽的攻击,后肢鲜血淋漓,不能站立行走。老孔随身带有急救包,立刻上前给它包扎。起初那鹿惊恐地拼命挣扎,后来大概看出他并无恶意,就让他包扎。老孔害怕野鹿再遭毒手,随后就守在它的身边,并去拔青草给它吃。一连三天,直到野鹿能够起身行走,分别时,那鹿依依不舍,鸣叫致谢。

第二年,老孔记挂野鹿,又在分手那天到山里看它,没想到那鹿竟然真的在那里等他。见他来了,欢叫跳跃,脱角相赠。今年最绝,竟然来了个鹿衔角。老孔听说有一种草药叫作鹿衔草,里头还有个美丽传说哩。但是那个传说哪里有眼前这个鹿衔角的故事生动感人啊!只是无法拍摄照片,怕人家不信……

老孔当日回家,就把这个奇遇说给家人听,

老婆果然不大相信。但是在艺术馆工作的儿子信了，作为超级摄影迷，儿子拍手顿足连叫可惜。他说："老爸，这简直太神奇了！如果能把这个画面拍下来，不用多少技巧，绝对可以拿全国甚至国际摄影大奖，一举成名！老爸，明年你一定要带我去哟。"

老孔说："我也想拍，但是它绝对警惕。我看出来了，我和它的友谊，是不能掺杂任何东西的，你趁早死了这条心吧。"

但是，老孔经不住儿子无数次的软磨硬泡，他到底还是答应了儿子。

那神圣的一天终于在盼望之中临近了。父子俩提前一天开车再去悟道村，再上清凉山。察看了地形后，儿子便手端高档相机老早埋伏在一片乱石树丛之中。

来了，来了，野鹿果然又准时来了。而且它的嘴里，真的又衔着一只鹿角！

老孔兴奋异常，向它挥手致意。野鹿就迈着轻快的步子向他走来。近了，近了，人和鹿越来越近了。老孔又看见鹿那清澈如水的眼睛了。

但是，鹿突然停下脚步，紧张不安地望着老孔。随着树丛里极其轻微的几声脆响，野鹿突然转身，它用哀怨的眼神看了一下老孔，就那么衔着鹿角，"嗖嗖"几个跳跃，就像闪电一样消失在树林之中。随即，树林中传来一片呦呦鹿鸣之声，那声音分明带着失望和愤怒！

这时候，儿子却猛然跳出来，他高举相机，大声喊叫："拍到了，拍到了！老爸，鹿衔角，我拍到啦！"

这一天，老孔的心情和儿子形成强烈反差。之后一连多日，老孔一直郁郁寡欢，野鹿那哀怨的眼神，还有群鹿那愤怒的叫声，折磨得他吃不好、睡不香。

第二年春天，老孔再次独自进山。他在那面山坡前等了好几天，依然不见野鹿那熟悉的身影。偏偏这个时候，他接到了儿子的电话——儿子极其兴奋地告诉他，他的摄影作品《鹿衔角》一举摘得国际金奖，奖金数万美金。

老孔却一点也高兴不起来，心中空空的，好像丢了什么东西。

拾鹿角

那年春天,我和哥哥一起,到草原上的大山里去捡拾鹿角。

这片山区方圆上百千米,丛林茂密,野兽出没,其中就有成群结队的野鹿。每到春天来临,

---

* 原载于《山西文学》2020年第5期,入选《小说选刊》2020年第6期、《微型小说选刊》2020年第11期、《小小说选刊》2020年第12期、《意林》全彩版2020年第8期,入选《2020年度作品·小小说》和《2020中国年度小小说》(漓江出版社),获评《小小说选刊》第18届(2019—2020年度)优秀作品奖。

公鹿都要换角。它们头上的旧角会自行脱落，然后才能长出新角来。鹿角可以入药，又可以作为装饰品摆放，一对鹿角，可以卖到一两千块。

那年哥哥十八岁，我十六岁。我们带着干粮和水，还有一顶折叠帐篷和两把砍刀，一直往大山深处走。哥哥说，近的地方去的人多，鹿角轮不到我们捡。

春天的山里，说不出有多么美丽。在密密的松林和白桦林间，草儿开始返青，野花到处开放，鼻孔里满满都是好闻的青草味和野花香。不过我们却无心欣赏美景，我们的眼睛只管盯着地面，在草丛里、树空间寻找鹿角。

但是第一天，我们一无所获。晚上，我们在一块巨石下面支起了帐篷，吃了点面包，喝了点矿泉水，就钻进帐篷里躺下。夜晚的山谷，寒风阵阵。我和哥哥蜷缩在里面，浑身直打哆嗦。最可怕的是隐约听见了狼嚎声，我们紧握砍刀丝毫不敢动，仿佛一动狼就知道了。

好不容易挨到天亮，吃点东西又开始寻找。一个上午过去，还是一根毫毛也没找到。哥哥就说:"走,咱再往远处走走。"我们挥舞砍刀开路,翻过一座山,又翻过一座山,不觉间,我们已经走到人迹罕至的原始森林里了。天好像一下子就阴暗下来,我看见哥哥的脸色突然变了,他紧张地对我说:"赶紧捡干柴,点火。这地方怎么这么瘆人啊!"

好在到处都是干柴,我们又找到一块巨石做屏障,然后点火,支帐篷。这一夜,我们几乎不敢睡觉,不断往火堆上加柴。树林间不断传来各种恐怖的怪声,狼嚎声这回听得清清楚楚。我明显感觉到,周围正有一双双凶恶的眼睛盯着我们。要不是有火,它们马上就会扑过来。

天亮以后,哥哥对我说:"赶紧收拾东西往回走吧。"但是,我们竟然找不到来时的路了。我们在树林里转着,转了好久,竟然又转回到昨晚宿营的地方来了。我张嘴要哭,却被哥哥严厉地制止住。他说:"哭有屁用! 走,我们换一个方向走。"

现在的我们,已经没有心思去找鹿角了。可是当我们走到一片林间空地时,突然惊起一群野鹿,轰隆隆地一阵响,直冲进对面的树林之中。

但是奇异的是，有一对雄鹿，犄角别着犄角，还在原地打转。我们一看，立刻呐喊着冲了过去。两只雄鹿惊慌地侧着身子奔跑，但是很快就被两棵树夹住，动弹不得。

"太好了，"哥哥喊着，"我们发财了！"他呼喊着跑过去，举起砍刀就要往野鹿的脖子上砍，但是他的刀突然停在空中，然后又放下，他对我说："不行，野鹿是国家保护动物，砍死它们是犯法的。"我说："那就干脆把它们的犄角敲下来！"

我们一起走到四只交叉的鹿角旁，我首先看到的是野鹿那两双充满恐惧绝望目光的眼睛。它们肯定是为了争夺配偶，互相打架时把鹿角别住的。别住就意味着死亡，野狼等野兽会毫不费力地把它们吃掉。既然都是鹿角惹的祸，给你们敲掉正好。我举刀要砸，可是哥哥又说不行。他说，如果硬砸鹿角，鹿也会流血而死的。

哥哥郑重其事考虑了半天，最后他说：咱们还是帮它们把犄角分开吧，救命总比杀生强。

于是，我们就放下砍刀，上前去帮它们拆解

鹿角。可是它们却很害怕，脑袋不停摆动挣扎，尖尖的鹿角竟然划破了哥哥的手。后来哥哥就停下来，他开始跟野鹿说话，告诉它们我们是要帮助它们。他还轻轻地唱歌给它们听，慢慢靠近，轻轻抚摸它们。你还别说，野鹿渐渐安静下来了。哥哥看准了鹿角卡住的地方，左掰右扭，最后哗啦一声，鹿角真的分开了。两只野鹿立刻纵身跃起，闪电般跑向了丛林。

野鹿获救了，可是我们依然迷路。我和哥哥在树林里左突右奔，可是森林好像无边无际，任我们走得气喘吁吁，汗流浃背，仍然走不出山谷。天渐渐又要黑了，我实在走不动了，就躺在地上哭起来。哥哥开始还在劝我，可是劝着劝着，他自己也哭了起来。我们一起放声大哭，还一起高喊："救命呀，救命呀！"我们的声音在树梢上滚动，在山谷间回荡，但是回答我们的只有沉默。

没办法，我们只好拿出帐篷，准备宿营。但是这时候哥哥惊慌地发现，他装在口袋里的打火机不见了。天啊，在这野兽横行的地方，如果我们失去了火的护佑，后果可想而知。我看见哥哥的脸立刻变得蜡黄，手脚都发起抖来。他一慌，我就更害怕了。

正在绝望之际，我们忽然听见一阵轰隆隆的声响，抬头一看，竟然是一群野鹿出现在我们前面不远的地方。它们停在那里不动，一起举头看着我们，还有两只公鹿朝我们发出呦呦的叫声。咦，难道这是刚才我们解救的那两只公鹿吗？它们跑来干什么呢？

哥哥猜测说，它们是不是要给我们带路呢，走，跟它们走试试。于是我们就收拾东西往前走。鹿群果然就在前面不快不慢地走，有时还会停下来等待我们。翻过一座山，前面忽然豁然开朗。暮色之中，我们竟然可以看到远处的人烟了。我和哥哥不由得兴奋地喊叫起来。

这时的鹿群，看样子准备要回去了。我和哥哥不断向它们挥手，鞠躬致谢。忽然，令我终生难忘的一幕出现了：只见鹿群里的公鹿忽然都拼命晃动起头颅来。就听见噼里啪啦一阵响，等到它们一阵风似的消失以后，它们停过的地方，竟然留下了十几只鹿角……

白百灵*

那只白色的百灵鸟,老是在金明的梦里飞来飞去。

那是一只多漂亮的鸟啊:通体雪白,无一根杂毛,展翅一飞,就像一个白色的精灵。还有它的叫声也格外悦耳,让人听得心醉……

金明每次醒来,都会问自己:这白百灵真的存在吗,它为什么总托梦给我呢?过去他在草原

---

* 原载于《安徽文学》2018年第6期,入选《微型小说选刊》2018年第12期。

打工,也听蒙古族老乡说起过白百灵,他们说那是神鸟,很少有人见过。

冬天,草原下雪了。金明的家在草原的边缘地带,这里的雪也一样纷纷扬扬。大雪封门,正是在家喝酒打牌的日子,小地缸这天却急三火四地来找金明。

"金明,金明,跟我去趟坝后呗。"

"这大雪抛天的,去坝后干啥?"

正在喝酒的金明乜斜着矮墩墩的小地缸发问。他们所说的坝后,其实就是草原。这里的人习惯地把山叫"坝",坝后就是山那边的草原。

"去弄点子钱花呀!这不下雪了嘛,咱去草原整几麻袋百灵鸟,去卖给城里的饭店,好几块钱一只呢。油炸百灵鸟,城里人特别喜欢吃。"

金明的心里咯噔一下,他压着火问:"整几麻袋百灵鸟?你是百灵鸟的亲爹呀,到草原你一吆喝,它们就都来了?"

小地缸"啧"了一声说:"去下扁毛霜呀。这大雪天,百灵鸟没啥吃的,咱去扫开几个地方,把药一下,你就等着捡鸟吧。去年刘老歪他们几个，头天去，第二天就整回好几千只来，卖了一两万块呢。听他们说，那鸟就像下饺子似的，噼里啪啦往下掉。"

金明的心在隐隐作痛，这事他听说过。扁毛霜，那可是一种专门猎杀飞禽的绝户药啊！刘老歪，听名字就不是个好种。金明从小就心善，最看不惯那些为钱杀生害命的人。于是他说："那你去找老刘老歪呗，这事我干不了。"

"喊，刘老歪现在改盗墓了。再说我也不愿意跟他合伙，咱哥俩多好呀。金明，你就说去不去吧；要去，扁毛霜我负责去弄；卖了鸟，钱咱们平分。"

金明的酒劲上来了，他正想拍桌子臭骂小地缸一顿，可是他转念一想，立即换上一副笑脸说："那行，那你去弄吧。多多地弄，最好买断它。省得别人抢生意。弄到你就送到我家来。"

随后他又补充说："这也的确是个好买卖，钱呀，谁都喜欢，不挣白不挣。"

"好嘞！"小地缸屁颠屁颠地跑了。

当晚，小地缸背个口袋到了金明家。口袋里

装的是小麦，是用毒药歹毛霜浸泡过的小麦。只要飞禽一吃，非死即昏。这么歹毒的东西是谁研制出来的呢！

小地缸兴奋地说："他们就这么多了，好说歹说，我都给买来了。说现在查得紧呢。"

"放下来吧，"金明说，"如果明天雪停了，我们就去。我开四轮子去。"

第二天，天果然晴了。金明就把自家的四轮拖拉机加满柴油，把那半口袋扁毛霜扔到车上，接着又去地窖里拿出一些土豆、白菜、大萝卜，用皮袄盖住，然后他就和小地缸坐进驾驶室里，突突突地出发了。

雪后，大地一片银白，太阳一照，直晃人眼。拖拉机沿着若有若无的公路往前走，车轮在地上留下深深的车辙。一会儿上了坝顶，一个更大的银白世界便展现在眼前。金明打开车窗，开始狂吼乱叫。后来拖拉机就下了公路，在脚脖子深的雪地上肆意奔驰起来。

前面的小山脚下，出现了几间房舍，还有几座蒙古包。再往前走，就有一群凶猛的蒙古狗吼叫着冲过来。金明隔着车窗向它们喊叫了几声，它们立即停止了吼叫，摇着尾巴跟着车跑。小地缸说："金明，你这小子！这是不是你相好的家呀？"

屋门打开，走出一个身穿白色蒙古衣袍的妇女，手搭凉棚往这边看。金明心里一动，白百灵的影子在他心里一闪。转眼车开到了眼前，蒙古族女人的脸上笑容灿烂："是金明啊，大雪天你还来了。快进屋，喝酒，喝酒！"她的汉语说得不是太好，舌头发硬。

金明跳下车，作势要拥抱她，女人却笑着躲开了。金明打开车上的皮袄说："勃力根（嫂子），请把这些拿进去。"女人的脸上满是惊喜，连声说："赛赛地（好）！"

接着金明就要跟女人进屋。小地缸喊："金明，别忘了咱是来干啥的啊！"金明转头对他说："那好吧，那你先去撒药吧。等一会儿，我出来帮你捡鸟。"

小地缸只好一个人从车上扯下口袋，又拿了扫把，拖拖拉拉往雪地深处走去。他扫开一片雪地，撒一些麦粒在上面；又扫开一片雪地，又撒一些麦粒在上面。一口气撒了二三十片，扁毛霜终于撒完了。他气呼呼地进了屋，打算讽刺金明几句。

屋里的场面更让他羡慕嫉妒恨，只见那蒙古族女人脸儿红红地正陪金明喝酒呢。更可气的是见他进来，金明竟说："哎呀，喂鸟的回来了。"两个人相视而笑。

小地缸不由得发作起来，他说："金明，平时看你挺好的，没想到你会这样。看起来，我找你合伙找错了。"

金明又和女人对饮了一杯说："小地缸，你说对了。我现在告诉你吧，昨天你买的那些扁毛霜，都让我填炉子烧了。刚才你去撒的，都是好麦子。"

"你，你！"小地缸气得说不出话来。

"你什么你！"金明说，"你放心，你买扁毛霜的钱，我掏。今天就算咱俩来草原玩一趟。来吧，过来喝酒。等一下，蒙古族大哥就回来了。哼，你要是真的撒了药，他饶了你才怪！"

女人这时也走过来,拉起他的手说:"来,兄弟,喝酒,喝酒。谢谢你来喂鸟……"

当天晚上,金明他们没有回家。金明又梦见了那只白百灵,它通体雪白,无一根杂毛。它欢乐地叫着,飞舞着,好像在向他表示感谢。

猫　王*

许六指家里养了一只大黑猫。这猫个头大，毛色纯，两眼放光，逮起老鼠来快如疾风闪电。自从许家养了它，前后左右的邻居也跟着沾光，再没有受过老鼠的骚扰。

许六指本来是个上不得台面的人物，但自从他家有了这只猫，他的腰杆似乎渐渐挺直起来，

---

* 原载于《小小说选刊》2006年第8期，入选中国小说学会2006年《中国微型小说年选》《中国微型小说名家名作百年经典》。

说话声调比过去提高了八度。他动不动就抱着他的大黑猫满村乱转，逢人便显摆："看见没有，我的这只猫，它就是猫王啊！"

大黑猫也似乎很享受这种炫耀，每到这时，它便眯缝起眼睛，惬意地躺在主人怀里撒娇。如果别人上前来摸它，它会竖起黑毛突然发个虎威，把人吓一大跳。大家便说："嗯，还真是只猫王呢！"

许六指的脸上就格外有光，跨步也格外高远，连他手上多出来的那个小指头，也似乎成为旗帜在骄傲地飘动。

但是这年，猫王受到了严峻的挑战。

那时村里还有碾坊。每天都有人到碾坊里来碾米磨面，当然免不了留下一些米渣面屑，便有一窝老鼠搬进碾坊住了。每当夜深人静，这里就成了老鼠的乐园。最可恶的是老鼠往碾盘上拉屎撒尿，搞得里头臭气熏天。

便有人带猫来捕鼠。但不知为什么，所有的猫都不敢在碾坊里停留，只要人一离开，它们就会立刻从窗口逃之夭夭。

这真是怪了事了，邪了门了，人们便不约而同来找许六指，请他的猫王出山。许六指"啪啪"拍着胸脯，威风凛凛抱着他的大黑猫来到了碾坊。大黑猫果然不凡，居然不躲不逃，它东闻西嗅，最后在风车旁蹲伏下来。

半夜的时候，有人听见碾坊里猫吼鼠鸣，稀里哗啦似有打斗之声。天亮以后，许六指看见大黑猫浑身是伤，正蹲在他家灶前发抖。许六指一边给它上药疗伤，一边心疼得掉眼泪，他嘴里不住骂着：这一定是撞见鬼了。他拎着大木棒去碾坊寻找，但见里面一片狼藉。他想了半天，也弄不明白这到底发生了什么事。

碾坊里的老鼠从此更猖獗了。

大黑猫养了几天伤，这天白天它竟自己跑到碾坊里来。看见的人把门关上，屏了气息趴在门缝上往里看，但见碾盘下的一个洞里有一只小老鼠溜出来。大黑猫"嗖"一下扑上来，一口咬住小老鼠。小老鼠"吱吱"一叫，立刻从洞里冲出一只红毛大老鼠来。这红毛老鼠，个头比大黑猫也小不了多少。它冲上来，对准大黑猫的尾巴狠狠就是一口。大黑猫一声惨叫，立刻松了口，小老鼠掉在地上。红毛老鼠上前一口叼住小老鼠，一闪身就钻进了洞里。

大黑猫冲着老鼠洞叫了几声，舔了舔受伤的尾巴，居然过来挠门，它投降了。当天，猫王被耗子精打败的消息便传遍了全村。不但许六指觉得脸上无光，所有的人都觉得很丢人。此后大家想了许多办法来捉红毛老鼠，但都没有成功。

几天以后，大黑猫忽然失踪了。大家说，它肯定是被耗子精吓破了胆，上山躲起来了。许六指一下子变得萎靡不振，腰杆重新弯了下去。

大约过了十多天，大黑猫忽然又回来了，它浑身是土，好像走了很远的路。最奇的是它竟带回一只瘦狸猫来。那猫比大黑猫个头小了许多，毛也脏兮兮的，唯有一双眼睛虎生生的。

大黑猫一进家，就跑到猫食碗旁"喵喵"叫。许六指赶紧就给它弄吃的，但它不吃，闪身让那瘦狸猫吃。瘦狸猫也不客气，一口气吃饱，这时大黑猫才肯上前进食。

两只猫趴在炕上眯了一会儿，就相伴着出了

门，一直朝碾坊走去。许六指知道有戏，就悄悄跟在后面。正是晌午，碾坊里静静的，没有人。大黑猫走到老鼠洞前，冲里面"喵喵"叫了几声，那红毛老鼠竟"嗖"地就蹿了出来。大黑猫转身绕着碾道便跑，红毛老鼠便在后面追。追着追着，突见半空里好像划过一道闪电，藏在一边的瘦狸猫凌空跃起，准确地落下，一口便咬住了红毛老鼠的脖子。红毛老鼠"吱吱"乱叫，拼命挣扎，但瘦狸猫紧紧咬住就是不松口。这时鼠洞里又有老鼠跑出来救援，却被大黑猫一口一个咬死一片。

过了一会儿，红毛老鼠终于不动了，瘦狸猫这才松了口。许六指等人赶紧冲进来用脚踩，这才看见红毛老鼠被咬断了咽喉，气绝而亡。

当下全村都轰动了，人们纷纷跑来看耗子精，又跑到许六指家去看两只猫。但见它们趴在炕上，一直睡了一天一夜。

两只猫终于醒了，许六指赶快把它们咬死的老鼠拿给它们吃，他看见大黑猫对瘦狸猫仍是礼让有加，又是等它吃饱了才肯动口。

随后，两只猫相对"喵喵"而叫，好像在告别。许六指立即关门关窗，他想把瘦狸猫留下来。他嘴里念着："好猫，看样子你才是真的猫王呀，你就留在我家吧，我会好好待你呀！"

许六指伸手去摸瘦狸猫，却不料那猫"呜"的一个虎威，将许六指吓得一趔趄。许六指还不甘心，又拿一条小鱼去引它，想趁机把它抱住，再用绳子把它拴起来。没想到那猫一跃而起，一爪将他的脑门抓出几道血口子，紧接着它就以许六指的脑门为跳板，飞身向窗子撞去，"砰"的一声撞出一个窟窿，等许六指出来一看，瘦狸猫早已不知去向。

大黑猫随后也跑了出去，从此再也没有回来。

许六指难过一阵后又恢复了神气，他动不动就指着脑门上的伤疤说，看见没有，这是让真正的猫王给挠的。

神　猫*

自从那只老猫开口说话，王大牙家每天就如街市般热闹。

街坊四邻纷纷跑来见证奇迹，电视台和其他媒体也闻风而至。在蹲守了两天两夜之后，终于拍摄到了老猫大喊"我饿，我要肉肉"的画面。

经媒体一推，不但小城，好像全天下都知道了王大牙家里有只会说人话的神猫。人们纷至

---

* 原载于2016年10月18日《羊城晚报》，入选《意林》2016年第23期、《小小说选刊》2016年第24期。

沓来，为的是一睹神猫风采，亲耳听一听神猫说话。五十多岁的下岗工人王大牙，靠当保安和领低保为生的王大牙，凭借老猫一夜成名。电视里、报纸上、网络中，随处可见他和老伴儿一起抱着神猫亲热的画面。一向安守清贫的两口子，想不神气都不行。

说起这老猫，那可是养了十多年了。以前只知道它挺通人性，会按口令做一些动作逗人开心，没想到它老来成精，竟然可以使用人类的语言表达思想。哎呀呀，这个世界真是越变越诡异了，不定哪天，狗都可以替人去上班了。

现在，那老猫正趴在床上，心安理得接受王大牙两口子的侍奉，还有人们的瞻仰和赞叹。王大牙的脸上写满骄傲，目光不断在神猫身上扫视。他感觉这个和他相伴了十多年的精灵，身上的每一根毛都充满神秘感。

这天，王大牙在别人的撺掇下，开始借猫生财。他装修了房子，雇人在门口卖票：凡来看神猫者，须交一百块钱方可入内。

开始几天，来人不少，有时收入好几千块。

王大牙两口子乐得合不拢嘴，每天都在忙着数钱算账。不知怎么，那老猫却是越来越难伺候了。它先是拒绝吃猫粮，后来又拒绝吃"肉肉"，直喊"我要鱼"；吃了几天鱼，又要吃煎鱼；吃够了煎鱼，它竟然要吃起三文鱼来。

三文鱼，好家伙，差不多一百块钱一斤，那是穷人家能吃得起的吗？王大牙活了大半辈子，还不知道三文鱼是什么味道呢。奇怪，老猫是怎么知道三文鱼的呢？

要是只吃个三天五日的，倒也罢了。没想到老猫一吃而不可收！一个月过去了，它还是非三文鱼不吃。要命的是来看神猫的人却越来越少了，网上还出现了质疑和谩骂之声。没奈何，王大牙只好收了摊档。这天夜里，两口子最后一次点钱，确定净赚两万块。他们没有注意，老猫就在一边静静看着，听着。

第二天，老猫忽然说："我要菲菲。"菲菲是谁？王大牙打听了半天，才知道菲菲原来是邻家的一只母波斯猫。哎呀，一辈子守身如玉的老猫，也开始思春了。王大牙只好上门去借。可是人家不借，要卖。说你家的猫为你挣了那么多钱，还在乎出点钱给它娶个媳妇？谈了又谈，最后以八千元的价格成交。王大牙给钱的时候，心都在滴血。他不明白多年的邻里关系为啥变成这样。

菲菲来了，当然也要吃三文鱼。两只猫的开销一下子就蹿到每天两百多块。

只几个月的工夫，王大牙就花光了老猫挣来的钱。他再看老猫，眼神里就有了凶光。什么神猫，简直就是一只不怀好意的要账猫！

屋子里空空荡荡，王大牙两口子在唉声叹气。老猫却在阳台上和菲菲玩得正欢。王大牙忽然冲过去，对着老猫吼道："老子已经养不起你了，你滚吧，带着这个妖精赶紧滚吧！"

没有想到，老猫竟突然向他发了个虎威，清晰地喊了一句："你活该！"王大牙不由得打了个寒战，险些哭了出来。

不可思议的事情是在第二天发生的。老猫先是赶走了菲菲，接着，它也不吃三文鱼了，直接改回吃猫粮，还有家里的剩菜剩饭。

日子一下子就退回到了从前，仿佛什么也没有发生过。王大牙两口子夜里睡不着，在肚皮上写写画画算了一笔账，他们一分钱没挣，也一分钱没赔，闹了个白忙活。

他们二人坐起来，看见有月光从外面照进来，屋内一片迷蒙。老猫正闭着眼睛，趴在他们的脚下打呼噜。一切都是那么安宁美好，时间也仿佛凝固了一般。两口子几乎同时叹道："哦，这样多好啊！"

不提防，老猫这时突然睁开了眼睛，目光灼灼，只听它说："好，真好！"

从此，神猫再也不肯开口说话了。

骆驼追*

吴敏的生命和骆驼发生联系，是因为她曾去草原下乡五年。第一次见到骆驼时那惊心动魄的一幕，在她的记忆里留下了深深的划痕。

初春时节，沉默了一冬的草原开始悄悄酝酿新一轮的生命。刚来草原的知识青年们虽然还没有看到草原的绿色，却已经从空气里嗅到了一种说不清、道不明的气息。那气息令人不安，令人

---

* 原载于《小说月刊》2011年第8期，入选《小小说选刊》2013年第4期。

浑身发热，令人想入非非。其实他们不懂，那就是生命躁动的气息。

女知青们一住进蒙古包，就迫不及待地脱去身上厚重的棉大衣，开始梳洗打扮，爱美的吴敏甚至穿上了一件当时不多见的红棉袄。吴敏第一个走出蒙古包，在已经变得有些松软的土地上奔跑，放开喉咙大喊："草原，我来了——！"

危险就是在这个时候发生的。吴敏正在陶醉，突然听见一种十分怪异的叫声响起，一抬头，她看见远处正有一个巨大的灰褐色的家伙边叫边向她疯狂奔来。起初，她根本就不认识这是个什么东西，更不懂得那家伙为何像坦克一样朝自己冲来，及至她听见有人大喊："快跑，骆驼跑春了！危险啊！"她这才掉头往蒙古包那儿跑，边跑还边回头去看。她看见那头骆驼高昂着脑袋，口中喷吐着白沫，迈动着巨大的驼蹄飞奔而来，她分明已经听见了它那沉重的喘息声。吴敏慌了，一慌竟然忘了该往哪里跑，眼看那头疯了一样的骆驼就要追上她了，一场悲剧马上就要发生了！这时吴敏又听见有人大喊："快，快把你的红棉袄脱下来扔掉!"吴敏情急之下一下扯掉了所有的纽扣,脱下红棉袄就扔了出去。她听见那怪物又是一声吼叫,居然停止追击,一下趴在她的红棉袄上,做起了"流氓动作"……事后当地人告诉她:公驼发情时找不到母驼,看见色彩鲜艳的东西就拼命追。如果吴敏不脱衣服,就会被骆驼压死。从此,吴敏就得了"恐驼症",一看见骆驼就打哆嗦。

吴敏没想到,让她深深恐惧和厌恶的骆驼,后来居然救了她一命。

一天晚上,吴敏发现她负责放牧的羊群少了几只羊,她立即骑马去找,回来的路上偏偏就遇到了狼。那几只狼看见她只有一人一骑,又没有带枪,就放心大胆地从四面八方向她包抄过来。暮色苍茫,吴敏举目四望,草原上不见半个人影,只有一群骆驼在附近吃草。情急之下,吴敏只好打马拼命往骆驼跟前跑。她没想到骆驼是那么的懂事,见狼追她,它们"嗷嗷嗷"一阵大叫,竟然自动将她围在当中,然后一起掉头对付疯狂的狼群。它们用蹄子和头颅把几只狼打得落荒而逃，又把吓坏了的吴敏护送回家。

从此，吴敏彻底改变了对骆驼的看法。她这才知道除了公驼在发情时有点蛮不讲理外，平时的骆驼简直就是草原上最温顺、最善解人意的动物。它们聪明能干，耐饥耐寒，和马一样是牧人们最好的帮手。吴敏开始主动亲近骆驼，很快，她有了一大批骆驼朋友。她招工回城那天，居然抱着一头骆驼的脖子哭了个昏天黑地，令人称奇的是那骆驼竟也是热泪滚滚。

吴敏回城以后，每当想起草原她就想起骆驼，一想骆驼她就往动物园跑，买上一些骆驼喜欢吃的东西悄悄去喂骆驼。时间长了，动物园的骆驼一见吴敏来就朝她叫，把脑袋从栅栏里伸出来跟她亲热。

几十年后的一天，吴敏去游长城。在长城脚下，她看见有头骆驼在那里专门供人照相。那骆驼瘦弱不堪，想趴下休息一会儿却遭到主人的鞭笞。吴敏什么也没想就冲过去，她对那人喊："你不能这样对待骆驼！"骆驼主转身看了她一眼，冷笑着说："大姐，这是我的骆驼，你管得着吗？"吴敏喘了一口气说："你的骆驼，我买了！"那人说："好呀，一万块，你拿来啊！"吴敏说："好，你等着！"吴敏竟然真的去了附近的银行，从卡上取出一万块钱交给那人，牵起骆驼就走。

吴敏好不容易才把骆驼牵到了动物园，不想人家却不要，说他们现有的骆驼还养不过来呢。好说歹说也不行。吴敏一气之下，决定雇一辆车把骆驼送回草原，也顺便看看久违的草原。

汽车颠簸了两三天，终于到了草原，眼前的景象却使吴敏目瞪口呆。当年碧绿的草原早已面目全非，除了一些围封的草库伦外，其他地方已经严重沙化，绿色难觅。最让吴敏伤心的是居然没人肯收留骆驼。人们都说，因为骆驼吃草太多，而且它们喜欢吃的许多植物都绝迹了，现在草原上已经没人养骆驼了。吴敏四下瞭望，果然不见一头骆驼的身影。

吴敏磨破了嘴皮，最后才有一户牧民勉强答应收留骆驼。吴敏摸着骆驼的脑袋，絮絮叨叨和它告别，然后让司机驱车上路。没想到汽车刚刚驶出不远，就听见一声大叫，那头骆驼竟然奋力挣断缰绳，飞也似的朝汽车追来。汽车后面腾起一溜黄尘，骆驼的身后也腾起一道黄烟，两条黄龙在疮痍满目的草原上赛跑起来。

吴敏从后视镜里看着穷追不舍的骆驼，当年骆驼追她的场景也再次浮现在眼前。吴敏的泪水不由得像断了线的珠子一样流淌下来。她横心咬牙，没有让司机停车，反而让他加快了速度。她轻轻地说："骆驼啊骆驼，你不要追了，你一定要在草原上活下去，活下去啊！"

城市上空的乌鸦*

北方城市的一个朋友来电话,向我娓娓讲述了一个有关城市乌鸦不可思议的故事。

"奇怪!真的是很奇怪!"我的朋友这样开始了他的讲述。他说:"你不会忘记咱北方的乌鸦吧,那种既聪明又讨厌的鸟,咱这地方管它叫老鸹。"

我当然不会忘记乌鸦,而且我的脑子里立刻

---

* 原载于《鸭绿江》2016年第1期,入选《小小说选刊》2016年第4期,获2016年全国小小说优秀作品奖。

就出现了乌鸦的形象，我的耳边甚至还响起了乌鸦那"哇哇"的叫声。记得小的时候，秋日的天空中有时会出现大批乌鸦，在你的头顶盘旋。每到这时我们就会拍着手大声喊叫："老鸹老鸹你打场，过年给你一只羊。你不要，我抢着；你丢了，我捡着……"

我的朋友继续说道："这几年，也不知道是怎么搞的，乌鸦竟然进城来了。我指的是一到晚上，它们就成群结队地进城来过夜了。它们就住在城市的高楼顶上，在那上面"哇哇"叫，在那上面拉屎，一到晚上那里就成了乌鸦的天堂。你想，楼房的主人和周围的居民怎能容忍它们如此放肆呢？于是就上楼驱赶。先是拿棍子打，后来用鞭炮炸。但是这些家伙实在是太狡猾了，人一来它们就飞走，等人一走，它们就又飞回来，跟你捉迷藏。人气急了，就组织起来轮流值守。你知道咱北方冬天的夜，嘎嘎地冷，冻得人在上面跑步跳高。乌鸦一看，就又转移到别的楼上去。那里再有人赶，它们就落到路边的电线上。有一回把电线都压断了，造成大面积停电。而且它们早上撤退的时候，还故意往行人的头上、过往的车上拉屎，进行报复。你说它们有多么讨厌。"

听到这里，我的脑子里出现了人鸦大战的场面。我在想乌鸦之所以到城里过夜，一定是它们觉得城里会暖和一些。如果它们不吵不闹不拉不尿，也许人们会接受它们。但是它们天生大嗓门，又不讲卫生，当然就惹得人们不高兴喽。想到这儿，我暗自庆幸南方没有乌鸦。南方只有一种类似乌鸦的鸟，黄嘴，体形偏小，它们在地上蹦跳的时候很像乌鸦，但是它们一飞起来，翅膀花花的又像是喜鹊。我经常怀疑，这是乌鸦或喜鹊在南方的变种。

我的朋友在那边清了一下嗓子，他继续说："那段时间，乌鸦问题成了城市管理的一个大麻烦。市民纷纷呼吁，要求市政府想办法解决乌鸦问题，市长也亲自过问了。可是乌鸦是鸟不是人，你赶不走它，下文件它也不听，这可把人气坏了。后来实在没辙，经过层层请示汇报，出动了武警部队，开枪打了一次。事情就坏在这里了！开头还管用，乌鸦有几天没来。可是过了几天，也不知道从哪里突然冒出那么多的乌鸦来，遮天蔽日，先是在城市上空盘旋，接着就像一片片乌云一样，扑下来覆盖了城市的所有楼宇街道。它们"哇哇"大叫，震耳欲聋，人一赶就飞起来去啄人的脸，那架势就像是要和人决一死战似的。你说这东西厉害不厉害！一时把人都弄得束手无策了。"

"天哪！"我说，"乌鸦难道疯了吗？你快说最后的结果怎么样了。"

最后的结果，打死你你都想不到。直接告诉你吧，是一群小学生解决了问题。你别打岔，听我说完。这天一个小学生写了一封信，是写给乌鸦的。信的内容大概是说："乌鸦先生，我知道你们是世界上最聪明的动物之一，你们能够喝到瓶子里的一点点水，还能用爪子抓住钓鱼线，把鱼从水里拉出来，可见你们智慧非凡。现在你们跑到城市里来，按理我们也应该欢迎。可是我们的城市实在太拥挤了，你们的叫声也太大了，你们已经影响到我们的正常生活了。你们能否回到你们自己的家去呢？假如大人们有什么对不住你们的地方，就请你们多多包涵。飞走吧，亲爱的乌鸦,把城市的安宁还给我们,我们会感谢你们的。"信写完了,班里的几十个同学每人复印一份,一起走上街头。他们排好队,对着乌鸦集体朗读。你别以为这是笑话,乌鸦好像真的听懂了。它们先是几十只起飞,在孩子们的头顶上飞舞,然后竟然真的飞走了。接着,所有的乌鸦就像接到谁的命令似的,一批批全都飞走了,飞走了。从此,它们再也没有来过。你说这奇怪不奇怪呢!

这真的是一件匪夷所思的事情。放下电话,我在书房里久久徘徊,我在反复咀嚼回味着这个故事,想象着大批乌鸦在小学生们的朗诵声里慢慢飞离的场面。这该是多么感人和震撼的场面啊!我决定把这个故事写出来,以便和更多的人分享。

猎　豹*

老爷岭这一带，早些年就经常有豹子出没。张五他娘十三岁的时候，曾和弟弟一起亲手杀死过一只豹子。

那天晚上，她和弟弟在家看家，饿了，就在火盆里烧土豆吃。正吃着，忽见窗上的一个破洞里伸进一个"狗头"来，贪婪地看着他们。张

＊ 原载于2006年9月17日《南方日报》，入选《小说选刊》2007年第1期，入选《2000—2011中国最佳小小说》，获《小小说选刊》2005—2006年度小小说佳作奖。

五他娘有点害怕，就扔给它一个土豆吃。谁知它吃完，竟想往里拱。她弟弟只比她小一岁，却很有心眼，他跑去找来一个秤砣，在火里烧烫了，又让姐姐给它。张五他娘用火钳子夹起来一扔，那"狗"一口就吞进肚里，只听"嗷"的一声惨叫，"狗头"缩了回去。

第二天一早，大人在离她家不远的一条沟里，发现了那条"狗"的尸体，原来竟是一只豹子。张五他娘好不后怕。

且说张五他娘长大以后，嫁了一个猎人，后来就有了张五。张五从小便跟着父亲上山打猎，学会了猎人的全套本领。

可惜张五生不逢时。这些年，先是山上的猎物渐渐少了，后来政府又明令禁猎，张五只好改行种地。但是张五的家住在山的最里面，每到冬天没事，他也会偷偷上山，打些野物解馋。

山上的狼渐渐多起来，张五想弄一张狼皮做褥子，就去山上下了狼夹。这天早上，他踩着积雪去巡山，意外发现狼夹居然夹住了一只豹子，而且这只豹子已经拖着狼夹跑上了山顶。

这真是意想不到的收获，这年头，豹皮、豹骨可是越来越值钱了。但是，让政府的人知道了可不得了啊！张五想了半天，决定速战速决。反正豹子已被狼夹夹伤了，我不捉它，它迟早也会死掉的。

张五摸了摸腰间的匕首，快速向山上走去，人和豹就在山顶的一块巨石后面相遇了。

这是一只漂亮的金钱豹，身上的花纹和毛色鲜艳好看，可能因为它正年轻，不然，它也不会误中狼夹。它看见张五过来，立刻吼叫着摆开架势，准备和他决一死战。

张五拔出匕首，人和豹开始对峙。这里要交代一句的是，张五的猎枪早已上缴，否则，他就不用费这个事了。

豹子的确胆大，它虽然腿上带着狼夹，还是率先向张五发起攻击。它声如巨雷，泰山压顶般扑过来，一口就将张五的头皮撕了下来。张五也不含糊，一刀便刺入豹子的肚子，并在里面用力搅着。最后人和豹子都倒在地上，但是张五没有忘记将自己的头皮重新盖回去。

张五的老婆赶来,将张五送进了医院。张五躺在病床上,还不忘指挥老婆和弟弟将豹皮扒了,将豹骨藏起来,又将豹肉煮来吃掉。

尽管这一切他们做得很隐秘,但到底还是惊动了村委会和乡政府。这天,乡政府的一个副乡长竟跑到医院来问张五:"你到底打了什么动物?"

"是狼!"张五回答。

"狼?"副乡长不信,"狼皮在哪里,我要看。"

张五当然拿不出狼皮,这就更加重了副乡长的怀疑。随后,他又来了两趟,声声逼迫已快痊愈的张五。万般无奈,张五只好实话实说。

副乡长的脸黑了下来,他说:"张五,豹子属国家一类保护动物,你打死一只豹子,起码要判你几年刑。"

张五很害怕,就哀求副乡长高抬贵手。副乡长最后说:"好吧,你先把豹皮交给我,我替你保存着,看看能不能把这事压下去。这件事若捅出去,对我也没什么好处。"

张五立即让老婆连夜把豹皮给副乡长送去了。从此果然没了动静。张五快出院的时候,传来消息说:副乡长已放出话来,说他已把事情调查清楚了,张五打的就是一只狼。

张五在心里骂:你才是一只贪心的狼呢!

张五把豹骨悄悄卖了,不多不少,正好摆平了他的医药费。他从此发下毒誓:再也不打任何动物。

草 龙*

老马倌儿要死了。

他躺在蒙古包里,通过特地为他开的小窗户定定地望着草原。他的目光老是停在草原西北方的天空不动,显然在期待着什么。

他终于呻吟起来:"狂风暴雨,快点来吧!"

没人知道他为什么盼着狂风暴雨的来临,一

---

* 原载于《百花园》1992年第9期,入选《小小说选刊》1992年第12期等多种选刊、选本。

个快死的老头儿，无论如何也不能和大师笔下的"海燕"相提并论。然而他盼望着，一天比一天强烈地盼望着。

他的生命就在这盼望中延续，连医生都惊奇于他生命力的顽强。

终于，西北天上堆起了厚厚的乌云，响起了"隆隆"的雷声，闪电也在山那边一闪一闪。

"快，把马群给我赶到草洼子里去！"老马倌儿身上顿时出现了回光返照，他挣扎着竟想坐起来，并用清晰的嗓音向儿孙们发布命令。

儿孙们虽大惑不解，却还是按他的话做了。

"快，把我也抬到草坡上去！"他又命令。

儿孙们大惊，谁也不动。

"快抬我去呀！"他大怒。

儿孙们无奈，只得披了雨衣，撑了雨伞，抬他出门。雷声近了，闪电密了，越来越有力的凉风把草原吹得如波涛乱滚。老马倌儿兴奋地看着这一切，不由得喃喃道："啊，草龙！草龙要来了啊！"

在雨的先头部队的"散射"声中，老马倌儿

断断续续向儿孙们讲述着关于草龙的故事：

"我放了一辈子马，好马养过无数，龙驹只有那一匹，可我当时却瞎了眼啊！那时也是这么个天气，我就在这山坡上放马，马就在草洼子里吃草。天好像一下子就黑了，雷一闪、火一闪的，真吓人呀！忽然一个霹雳，把人的耳朵都快震聋了。就见天上掉下个大火蛋来，直落到马群里。马立刻炸了群，只有一匹母马在原地不动，它好像是吓坏了。后来，就是这匹母马生下一匹怪马驹子来。那马驹子格外丑，个儿也小，只是四个蹄子格外大，小碗似的。我说这马驹子倒像个驴和马生的杂种。

"那天有个南蛮子来看马，他到马群里挑，挑来挑去挑不中。突然就看见了那匹马驹子，他一下子就跳了过去，左看右看，说：'我就要这匹马了，你随便要价！'我说：'那破马，你不嫌就白送你。'南蛮子啥也没说，扔下十块大洋就把马牵走了。他就在草原上搭个帐篷住下来，建个马圈，专养那匹马。我当时还笑他呢！这小子疯了，拿着丑马当宝了。可是有一天，他来向我告别,也让我看看他的马。他进了马圈,还没容我看清马的样子,就听'嗖'的一声,那马驮着他竟从墙上飞出去了,就像一道闪电似的,眨眼就跑天边去了。南蛮子只扔给我一句话:'这是条草龙啊!'唉,我眼真瞎,我真傻,这事儿我一直烂在肚里,没脸对人说呀……"

草原突然黑下来,雷声隆隆,大雨如注。闪电一道接着一道打来,照亮了草洼子里静立不动的马群和草坡上伫立不动的几个人。

老马倌儿坐着,眼睛死死地盯着闪电和马群,他在期待着奇迹的出现。

"轰隆——咔嚓嚓嚓!"一串惊天动地的霹雳骤然响起。那雷仿佛就在人的头顶炸开,以万钧之力和排山倒海的气势向前推进,滚过去猛地又滚回来,如磨盘一样在空中滚个不停。闪电一道亮似一道,上下左右银蛇一样乱窜,让人眼花缭乱……风也更猛烈了,雨也更凶狠了,整个世界都疯狂起来了。

"草龙!"老马倌儿喊了一声,猛地从地上挣扎着站了起来。让人难以置信的是,这样一个垂死的人竟踉踉跄跄向马群冲了过去。在草洼子那边并没有什么"火蛋"出现，然而马群却真的炸群了，炸群的马惊跳奔突，乱箭一样射向四面八方。

"草龙来了！你来吧！"

老马倌儿举起双臂，声嘶力竭地喊叫一声，那声音竟比雷声更让人惊心动魄。他那瘦小干枯的身躯也似乎一下高大了许多。

雷声息了，他轰然倒地。

儿孙们跑上去，看见老马倌儿脸上挂满笑容。他的两只手满满抓住两把野草，仿佛那就是草龙的鬃。

末日抉择[*]

狼、虫、虎、豹、猿、鹰……山中所有的动物倾巢而出，一批批轮番冲向那群不速之客——强大无比的人类，扑、咬、撕、抓！尽管这些高等动物手里有激光枪、离子炮等先进武器，尽管动物死伤惨重，尸体堆积如山，但是它们依然不屈不挠，拼死相搏。每一轮攻击过后，人类的数量都在锐减。

---

[*] 原载于《黄河文学》2018年第5期，入选《微型小说选刊》2018年第20期、《小说选刊》2019年第1期。

山外，不断有巨大的爆炸声传来，火光映红了天际。显然人类已经没有退路，继续前进，似乎也只有死路一条，这些人类好像真的陷入了绝境。

这是3080年的一天，世界核战爆发，人类花了几千年创建的高度文明的社会被彻底摧毁，其中一些幸存的人类在一个叫作雷哥的人的带领下逃往深山，没想到却遇到了动物们的顽强抵抗。

又一轮惊心动魄的血腥厮杀过后，雷哥清点了一下人数，惊骇地发现只剩下不到一百个人了，而且每个人都伤痕累累。绝望，清晰地写在每一个人的脸上。雷哥叹了口气，他朝前面望去，只见山顶之上，那只体形巨大的虎王正在巨石之间跳跃吼叫，指挥调动着它的部队，准备对他们发起新一轮攻击。动物的吼声此起彼伏，地面、树梢、天空，到处都布满仇恨的眼睛。雷哥想，最后的时刻到了。

雷哥抖擞一下精神，下令让大家检查整理武器，他用嘶哑的声音对所有的人说："各位兄弟姐妹，现在我们进退两难，只能拼死一搏了。听我命令，接下来五人或十人一组，各自突围，能活几人算几人吧。"

雷哥话音未落，就听见人群里响起了男人的哀叹和女人的哭声。

这时候，有个身材消瘦，戴了一副眼镜的男人走到了雷哥的面前，雷哥有点奇怪，男人的手里竟然没拿武器。只听他说："雷哥，不能硬拼了。我们换一种方式，也许还有活路。"

雷哥疑惑地望着他，其他人也都疑惑地望着他："换一种方式？"

"对。"这个男人说，"我先来自我介绍一下：我叫郑大槐，是个动物学家。我粗通某些动物的语言，可以去试着沟通一下，或许……"

"那你懂老虎的话吗？"雷哥不客气地打断他。

"这个我不懂，我只能和猿类简单对话。"郑大槐说，他似乎有点惭愧。

"那有屁用！准备战斗吧，别抱幻想了。"雷哥说着丢给他一支激光枪。

郑大槐却又把枪扔了。他说："已经到了这

个地步，你怎么还相信武力呢！动物们奋起保卫家园，它们并没有错。我们才是入侵者，我们就不会对人家说一声'对不起'吗？"

郑大槐说着，三下两下扯下了自己的衣服，又在泥水血水里滚了一下，然后跃出掩体，四肢着地向前爬去，边爬嘴里边发出稀奇古怪的叫声。

世界一下变得死寂，不管是这边的人还是那边的动物，所有的目光都聚焦在郑大槐身上。直到雷哥狂喊一声："准备掩护！"寂静才被打破。只听山上的虎王也长啸一声，立刻，成千上万只动物一起朝郑大槐扑来，将他团团围在中心，只要虎王再吼一声，他立刻就会变成一堆白骨，或者，连骨头渣也剩不下。

郑大槐匍匐在地，一动不动，只是嘴里仍在发出古怪的叫声。世界再次沉寂下来，山上山下的空气，似乎燃个火星就能爆炸。

转机是一只老猿的出现。它好像是受了虎王的指派，动作缓慢地从山上下来，一直走到郑大槐面前。动物们纷纷给它让路。郑大槐看见它，就像看见了救星。他们两个连说带比画,很快,郑大槐被老猿带到了虎王面前。

尽管郑大槐和动物打交道几十年,但是面对这头巨大无比的山中巨兽,他还是被吓得浑身发抖。他看了一眼这个大家伙,才真正懂得人们过去所形容的"血盆大口""灯笼一样的眼睛""钢牙铁齿"是怎么回事。

现在,他匍匐在地,由老猿当翻译,开始和虎王进行一场生死攸关的对话。

虎王愤怒地问:"你们这些人为什么要闯进山里来?你们杀了我那么多孩子,我要把你们统统杀死吃掉!"

郑大槐连连作揖,口称"对不起,对不起",他说:"我们人类已经没有家园了,到山里来是为了避难逃命。希望虎大王能给我们一个安身之地。"

虎王听了,不由得冷笑道:"哼,让你们安身,我们就无处安身了。"

郑大槐急忙说:"虎王您难道就没有感觉到吗?早些年人类一直在大力提倡保护环境,保护动物，这样动物才得以繁衍生息啊！如今人类有难，还请虎王高抬贵手吧。"

虎王听了似有所动，它说："既然你们有难，为什么不说明情况，反倒强来呢？你们以为我们软弱可欺吗？"

郑大槐又是作揖连连："是我们错了，错了……霸道惯了。"

虎王最后厉声说："你们要想活命，那就让所有的人都像你一样爬出来。我会考虑给你们几个山头让你们生活，但你们必须尊重我们，绝不允许再生祸乱！"

郑大槐连连点头，急忙下山通知。没想到雷哥却坚决不同意。

"我们是人！是人啊！宁愿站着死，绝不跪着生！"

但是大多数人扔掉了武器，并开始脱衣服，一个一个相继爬出掩体。

最后只剩下了雷哥，他全副武装、威风凛凛地跳出掩体，冲着山上的虎王放声大笑，并高声喊道："你有种下山来跟老子单挑，一决雌雄吗?"

回答他的,是一声惊天动地的怒吼。接着,所有的动物便以铺天盖地之势、雷霆万钧之力扑向雷哥。雷哥也不惊慌,从容地启动了身上的超级炸弹。一声巨响,他和许多动物同归于尽。

天地间一片混沌,剩下的人和动物都呆住了……

去找战马墓

父亲退休的第二天,就开始收拾行囊,准备进山去寻找战马墓。母亲拦不住,就打电话把我叫回来,希望我能帮她阻止父亲的行动。

我对父亲说:"爸,你疯了,这么大岁数了还要冒险进山去找一堆马骨头?如果你觉得闲极

---

* 原载于2017年10月6日《南方日报》,入选《微型小说选刊》2018年第4期、《小小说月刊》2018年第10期、《小说选刊》2019年第1期,入选《2017读家记忆年度优秀作品》(现代出版社),获第十六届中国微型小说年度奖(2017)三等奖。

无聊，可以去周游世界啊，钱我来出。"我还把父亲的行囊藏了起来。父亲被我缠得没办法，他说："那好吧，我现在把情况给你讲一讲，如果说服不了你，那我就不去了。"

我坐下来，以嬉笑的神情面对父亲，看他能说出什么花来。

父亲沉默了一会儿，以忧伤的语调开了头："孩子，当年你奶奶、我，还有你的叔叔、姑姑们也是这样阻止你爷爷的。你爷爷一生最大的憾事，就是没能进山去寻找战马墓。他临死的时候，还拉着我的手，断断续续地说着两个词：大榕树、战马墓……

"后来，我在你爷爷的回忆录中，才真正了解了事情的真相，我一直都在后悔，当初不应该千方百计地阻拦他。

"你爷爷原是第四野战军一个骑兵连的连长，咱家里不是有一张他骑在马上的照片吗？那真是威风凛凛，而且他也是战功赫赫的人啊！后来，骑兵连随军南下，那些驰骋中原的战马，到了南方就有点不适应了。它们吃草拉稀，身上早已好了的伤口又开始溃烂。越往南走天气越热，许多战马都病了。为了不影响行军速度，战士们只好忍痛把病马一匹匹放开，让它们去自寻生路。你们知道吗？骑兵和战马的关系那就是生死与共的战友关系啊，如今要分开，而且又是永别，那种心情是何等的难受啊！但再难受也没办法，最后就连你爷爷那匹最好的战马黑旋风，也不得不放掉了。你爷爷抱着马头哭啊，真是肝肠寸断。最后骑兵连几乎成了步兵连，战士们硬是凭着脚板，以每天一百多千米的速度往前走。就在他们走进广东，在深山老林里穿行的时候，他们遇上了一桩奇事。

"这天他们正在一棵大榕树下休息，前面再次响起了继续行军的号声，这时他们突然听见，后面传来了一阵雷鸣似的脚步声。当时他们是殿后部队，后面来的是什么人呢？你爷爷一声令下，战士们立刻做好了战斗准备。随着脚步声越来越近，战士们的眼睛全都瞪大了。你知道他们看到了什么？是一群战马！就是骑兵连陆续放掉的部分战马。它们在黑旋风的带领下，循着军号声追赶部队来了。

"当时的场面你可以想象一下，肯定是感天动地的。你爷爷在回忆录中这样写道：'我一眼看见，黑旋风就跑在马群的前面，就像我过去骑着它带领骑兵连冲锋陷阵一样。我和战士们一起呼喊着战马的名字，迎着马群飞跑过去，抱着马脖子哭啊喊啊。黑旋风打着响鼻，眼中泪光闪闪，它还伸出舌头来舔我的手，看样子它是真想跟我说说话啊！可是忽然间，黑旋风却慢慢地倒了下去，所有的战马一匹匹都倒了下去。这时我们才看到，天啊，战马全都骨瘦如柴，身上几乎都烂得露出了骨头，它们就是凭着最后一口气，翻山越岭来追赶部队的啊！它们瞪着的眼睛好像在诉说：就是死，也要死在部队上，死在主人面前！我们的战马，它们是多么勇敢、多么忠诚啊！战士们呼喊着、痛哭着，最后在大榕树下挖了一个大坑，把所有的战马埋在了一起。我对战士们说，这棵大榕树就是记号，等到全国解放了，我们活下来的人一定要找到这里，为它们重新修墓……'

"后来你就知道了,你爷爷作为南下干部,就留在了南方工作,一干就是几十年。作为一个地地道道的北方人,他克服了重重困难,硬是把根扎在了南方的土地上。开始是忙,接着又被打倒,等他重新出来工作,身体就不行了。这时他就开始张罗进山去找战马墓,但是每一次都被我们给拦住了。我们打着关心他的旗号,却使一个老战士的毕生愿望一直无法实现。真是罪过啊!"

父亲讲完了,我陷在一种神圣又庄严的氛围中久久不能自拔。最后我激动地对父亲说:"老爸,我现在决定,要陪着您一块儿进山去,去找战马墓。如果我们俩一下子没有找到,还有您的孙子,咱们可以一代代地找下去,直到找到为止。"

父亲听完,竟然跟我热烈握起手来,他眼含泪花说:"好孩子,咱说走就走。其实,我们不仅是要去完成你爷爷的心愿,也是为了找回更多的东西。这个你懂的。"

小马倌儿*

小马倌儿是个插队知青。他年龄小，个头小，胆子也小。头一天下地干活，就累得哭了鼻子。生产队长看他可怜，就说："农活你不用干了，赶明儿去放马吧。"

放马首先要学会骑马。傍晚，队长从马厩里牵出一匹马，带小马倌儿来到村外草甸子上。

---

* 原载于《东风文艺》2015年第2期，入选《小小说选刊》2015年第14期，入选《2015中国年度小小说》（漓江出版社），获《小小说选刊》第十六届（2015—2016年度）优秀作品奖。

他首先翻身上马，骑着马跑了一圈，然后又讲解了动作要领，就把马缰绳交到小马倌儿的手上。小马倌儿看着这匹高头大马，两眼发花，双腿打战，哪里敢骑！队长就把他扶到马背上，让他一手抓住马缰绳，另一只手抓住马鬃，然后在后面"啪"地一拍马屁股，马就跑了起来。可怜小马倌儿在马背上惊叫连连，要死要活，无奈那马就是不肯停下来，而且越跑越快。马儿在草甸子上一口气跑了三圈，小马倌儿在马上渐渐清醒，慢慢掌握了平衡。就这样，他学会了骑马。

学会骑马的小马倌儿信心大增，但是他不知道，这才是个开始，更大的考验还在后面。

原来放马这活儿，要黑白颠倒。马无夜草不肥，放马主要是在晚上。这样，小马倌儿就不能像正常人一样生活了。这个倒还没什么要紧，最要命的是黑夜外出放马，危险多多。其中最为恐怖的事情就是遇到狼。

这里是个靠近草原的山区，经常有野狼出没。一到夜深人静，那些家伙指不定在什么地方突然嚎叫起来，其声凄厉悠长，闻之让人头皮发麻。小马倌儿一个人赶着一群马，或在山谷间，或在草原上徘徊，耳边除了马儿吃草的声音、打响鼻的声音，就是自己的心跳声。开始的时候，只要狼一叫，他就浑身发抖。他骑在马背上不敢下来，嘴里还不停地说着："天啊天啊，你快点亮吧。"

后来队长告诉他，放马的不用怕狼，狼一般情况下是不会招惹马群的，除非它们饿极了。听队长这么一说，又回想自己的确只闻狼叫，未见狼影，小马倌儿这才敢从马背上下到地面上活动。

再后来，因为备战需要，队里给每个青年民兵都发了一杆枪。小马倌儿也得到了一杆那种枪管上带眼儿的冲锋枪，还有一排子弹。这一下，小马倌儿如虎添翼，他感觉自己的胆子突然变得大起来。

小马倌儿从此对夜晚不再恐惧，每天他把马群赶到地方，就跳下马来，在马群周围乱转。有狼叫声传来，他不再害怕，有时甚至会尖起嗓子，故意学起狼叫来。他学得很像，有一回竟然引得几只狼边叫边向这边靠近。小马倌儿这才慌了，对准狼那边开了一枪。狼跑了。他从此不再学狼叫，而是改为唱歌。他放开嗓门拼命地唱，每天都要把自己会的歌曲从头到尾唱上一遍。

夜越来越深，唱歌唱累了，肚子也饿了。小马倌儿这时就骑上马，跑到附近的庄稼地去，掰几棒玉米，或者挖几个土豆，要不就摘个倭瓜，然后回到马群旁点火烧起来。等到吃得肚圆，他就找个合适的地方躺下来，数着天上的星星沉沉睡去。等到东方既白，他便赶起马群回家。

日子就这么有滋有味地过着，小马倌儿渐渐喜欢上了放马这一行。但是因为他后来太过胆大，这活儿他还是干不下去了。

那是个秋夜，小马倌儿照常去放马。后半夜，他正眯着眼在草地上躺着，忽然听见马群骚动。他跳起一看，月光之下，只见一只狼正在扑一匹小马驹儿，成年马则奋起反抗。小马倌儿大吼一声冲过去，边跑边摘下挂在脖子上的枪。那狼听见人喊，夹起尾巴就逃。小马倌儿开了一枪，翻身上马，随后就追。

在明亮如昼的草原上，一只狼和一人一骑展开追逐赛。当小马倌儿冲上一座山坡后，那狼忽然不见了。小马倌儿下马寻找，最后发现一个洞穴。刚一探头，就看到了一双绿绿的眼睛凶恶地瞪着他。小马倌儿二话没说，一梭子子弹都打了进去……

天亮以后，小马倌儿从这个洞里拖出了一只母狼和六只狼崽的尸体。他把这些尸体用绳子拴成一串，拖在马后，耀武扬威地回了村。

全村人都出来看热闹，都夸小马倌儿好大胆。只有队长说："你做得太绝太狠了，狼会报复的。放马这活儿，你不能再干了。"

果然，当天夜里，成群结队的狼在村子附近嚎叫。幸亏队长早有准备，灯笼火把鞭炮铜锣齐上，还有几十杆枪严阵以待。直到天亮，狼群才退去。但它们还是咬死了生产队出场放牧的一群羊。

直到招工回城，小马倌儿夜里都不敢再出门。

若干年后，成了大老板的小马倌儿回村探

望。他说："我在这里锻炼了胆量，也学会了害怕。我觉得最对不住的，就是那只为了孩子而不惜冒险的母狼。"

口叼木棍的小狗*

二哥在镇里上班。有一天,他在回家的路上救了一条遭人遗弃的小狗。这是一条本地土狗,瘦巴巴,脏兮兮,两眼怯怯地望着大家,尾巴一直夹在两条后腿之间。二哥拿东西给它吃,它狼吞虎咽地吃完,尾巴这才翘起来摇摆。后来二哥又给它洗澡,拿风筒给它吹毛,它的尾巴就摇得

---

* 原载于《微型小说月报》2018年第3期,入选《微型小说选刊》2018年第24期、《小小说月刊》2019年第1期,入选《2018年中国微型小说排行榜》。

更欢了。

从此，这狗就把二哥当成亲人。也真是奇怪，每当二哥回家，他的摩托车刚刚开到村外，这狗就能听到。这时它会突然跳起来，先是"汪汪汪"地大叫几声，然后它就在院子里急速跑动，必须找到一截木棍叼在嘴里，之后就箭一样冲向村外，去迎接二哥。这时二哥恰好到了村口，它就口叼木棍摇头摆尾，撒欢蹦跳，直到二哥取下它嘴里的木棍，它才一路欢叫跟着摩托车飞跑回家。

天天如此。

大家就开始研究这狗为什么要叼木棍献给二哥，难道它是要通过这种方式来表达对二哥的感激和亲昵之情吗？看来，这是一条懂得感恩的狗。

难得的是它一直坚持下来了。院里的小木棍早就被它叼光了，它就到院外去寻。我们见它辛苦，就故意扔一些小木棍在院里。二哥再收到木棍礼物，也不丢了，而是直接带回家，供它下次使用。

就这么不知不觉过了两三年的时间，累计算一算这狗送给二哥的小木棍，差不多有上千根了。但是它依然乐此不疲，坚持不懈地送着、送着。它的名字也因此叫作阿棍。

那一年，阿棍怀孕了。它的肚子一天比一天大，奔跑速度明显变慢，可是它还是要坚持送木棍给二哥。二哥就有点不忍心，反复告诉它不要送了，还故意当着它的面把木棍丢得远远的。但是阿棍偏偏一根筋，依然送棍不止。

后来，它的肚子大得快拖地。二哥为了不让它再送木棍，就不再骑摩托车，而改成骑自行车。这样直到二哥到了院外，它才发觉。在二哥打开大门往里走的当儿，它还是要寻找一根木棍献给他，嘴里还呜呜噜噜的，很不好意思的样子。

后来阿棍就做了母亲，一窝产下了八只狗崽。

这期间，家里人特别是二哥加强了对阿棍的照料，阿棍更是一心扑在孩子身上。不过，每当二哥到狗窝这里来看阿棍和它的孩子，哪怕阿棍正在喂奶，它的尾巴依然热烈摇晃，嘴巴也会在周围寻找。二哥理解它的心情，就自己找来一根木棍，放在阿棍嘴里含一下，然后他再接过来。在完成这一神圣仪式之后，阿棍才能安静下来。

那八只狗崽一天比一天大，胖嘟嘟的，煞是可爱。谁知问题也恰恰出在这些小家伙身上。

原来我们这地方有个不好的习俗，就是幼狗上席。残忍的人们把不足月的幼狗杀死，剥去皮，烹制成佳肴端上餐桌，是非常讲究的一道菜。那些天二哥恰好要结婚，准备酒宴时家里人首先想到了阿棍的狗崽，还带着厨师去狗窝看。厨师看了很满意，说正好可以做八盘好菜。

哪知第二天早上一看，狗窝里的小狗连同阿棍一起不见了。肯定是阿棍一看大事不好，连夜带着狗崽逃走了。大家在附近寻找不见，最后对二哥说："今天是你大婚的日子，还是你去找吧。找不到，你的面子就栽了。"

二哥本来是不想伤害阿棍的，但是事情逼到了脸上，他也没有办法。于是二哥就到后山去找。他在山下喊了几声"阿棍，阿棍"，一会儿就看见阿棍嘴里叼着一根木棍，从一条很隐蔽的沟里钻出向他跑来。二哥颤着手接过木棍，含泪拍了拍阿棍的头，说了声"对不起"，转身就回去了。

随后，厨师就带人拿着家伙到沟里捉狗崽。阿棍虽然试图反抗，但它哪里是人的对手。最后，它只能眼睁睁看着自己的孩子被人捉去杀掉。

阿棍一连几天没有回家。后来回来了，重新变得瘦骨嶙峋，走路打晃。新婚宴尔的二哥见它这样，急忙拿来好东西给它吃，还和新娘一起安慰它，但是阿棍始终不抬眼看他，尾巴也不再摇摆。

婚假结束，二哥骑上摩托车，带着二嫂去上班。临走他对阿棍喊："阿棍，我走了。今天你要到村外去接我啊！"

下班的时候，二哥的摩托车驶近村子，不见阿棍；后来进了村，也不见阿棍；他使劲按着喇叭，但是仍然没看见阿棍来迎接他。

那条口里叼着木棍的小狗，不会再来了。

我的中国狗*

跑细了腿,磨破了嘴,又花了六千多元人民币,龙龙和我一起出国定居的手续终于办妥了。但是出发那天,龙龙竟然不肯走!

它先是跟我藏猫猫,后来干脆四爪撑地,大声吼叫,死活都不愿意离开老屋。再不走就要耽误航班了,我最后声泪俱下地求它,它才一步一

---

* 原载于《小说月刊》2019年第1期,入选《微型小说选刊》2019年第11期,获2019年"武陵杯"世界华语微小说年度评比三等奖。

回头地跟我走了。它的眼里盛满泪水，嘴里呜呜咽咽，仿佛在向老屋做最后的道别。唉，龙龙除了不会说人话，它好像什么都懂啊！

龙龙原本是我朋友家里的一条狗。有一次朋友出远门，托我照顾它几天。没想到这一照顾就照顾出感情来了。等到朋友回来，我把它送回去，它竟然叼住我的裤脚不让我走。过几天我去看它，它竟然扑过来，呜呜咽咽，就像孩子在哭，弄得我的眼泪也稀里哗啦地往下掉。朋友见此情景，就说："哎呀，反正我也顾不上管它。既然它跟你这么好，干脆送你算了。"就这样，龙龙就到了我家，跟我和老伴儿一起生活了七八年，成了我家的一口人。去年老伴儿走了，多亏它日夜陪伴我，千方百计逗我开心。这条狗啊，简直就像个精灵。对了，忘了说了，龙龙是一条纯种京巴犬，身材矮矮的，眼睛鼓鼓的，白毛长长的，模样滑稽可爱。

飞机飞越太平洋，终于在美利坚合众国的土地上降落了。眼前的一切是那么新鲜，但是那么陌生，除了前来接机的女儿女婿，所有的一切都没有半点亲切感。龙龙一下飞机，就变得焦躁不安。它紧紧地贴着我，一双眼睛怯生生地打量着眼前的世界，嘴里呜咽有声。我拍着它的头，不断安慰它，它的情绪才好一些。进了女儿家，它东张西望，东闻西嗅，好像在找它的老窝，找不到，就不停吠叫，一副很不满的样子。

最要命的是倒时差。不但人要倒时差，狗也要倒时差。我这人适应力强，倒了两天就适应了。可是龙龙不行，都好几天过去了，它还是倒不过来。每到夜深人静的时候，我正在熟睡，龙龙却跑过来了。它用爪子拍我的枕头，用舌头舔我的脸，甚至汪汪地叫几声，催我起床去遛它。没办法，我只好咬牙起来，给它戴上嘴套，牵上它出门。

美国城市的夜晚可不像中国城市的夜晚那么安全。开始几天，都是女儿或女婿陪着我出去，怕出意外。后来路线熟悉了，也没什么情况，我就说啥不让他们去了。他们白天还要上班，没必要折腾他们。于是在寂静无人的街道上，就只有我和龙龙在慢慢前行了。每到这个时候，我就特别想念祖国，想念那里的亲人和朋友。我恨不能马上回到祖国去，起码能睡个安稳觉啊！

一晃十几天过去了，可是龙龙的时差还是没倒过来。这天夜里我再去遛它，就发生了恐怖的事情。我们正往前走，忽然看见前面有两个人歪歪斜斜地迎面走来。我赶紧拉起龙龙往回返，没想到那两个家伙却从后面追来。我和龙龙拔腿就跑，但是我脚上穿着拖鞋，怎么也跑不快，结果一下子就被他们追上了。那两个家伙嘴里喷着酒气，比比画画地朝我要钱。我比画说，出来遛狗没有带钱。谁知他们竟然用淫邪的目光，打量起我这个已经快到六十岁的中国老太太来。接着，他们就扑过来，在我的身上乱摸，把我往黑暗的地方拖。我大喊救命，却被他们用手堵住了嘴。开始，龙龙好像被吓坏了，见此情景，它突然反应过来，怒吼着朝两个畜生扑过去，连撕带咬。两个家伙踢它打它，但是它毫无惧色，以死相拼。两个家伙不得不放开我，合力对付龙龙。于是我边跑边叫，终于听见附近响起了警笛声。这时轮到那两个家伙逃跑了，但是龙龙却死命咬住一个家伙的腿，不让他逃，那家伙就给了龙龙一刀……

这一刀伤在龙龙的肚子上。去动物医院包扎之后，龙龙不吃不喝，只是眼泪汪汪地看着我。我知道，它是想家了。于是我说："龙龙，你要吃东西啊，你伤好了我才能带你回国啊！"这样它才肯吃一点流食。可是它被伤得太重了，精神一天不如一天。它看我的眼神更加依恋，还不时有泪水流出来。看着它奄奄一息的样子，我心如刀绞。我真后悔来什么美国啊！那天，龙龙死在了我的怀里。

我哭得昏天黑地，女儿就劝我，和我商量怎么安葬龙龙。清醒时我才发现，龙龙的眼睛一直大睁着，给它合上很快又睁开，怎么都不肯闭拢。我对女儿说："龙龙这是要回国呀！我答应过带它回去，我得说话算话呀！"

才来美国不到一个月，就要带一条死狗回国，女儿女婿都气疯了。但是为了龙龙，我什么也不顾了。

飞机终于在祖国的土地上降落，眼前所有

的一切都让我感到那么亲切，我甚至想上前去拥抱每一个同胞，去亲吻脚下的每一寸土地。如果龙龙活着，它也一定会兴奋地蹦跳撒欢。但是现在，它却成了一具冰冷的尸体。

我把龙龙装进提包里，带着它去看了老房子，然后就在老房子后面的山上挖了个坑，准备安葬它。我坐在那里哭啊哭，这时候我突然惊异地发现，龙龙的双眼，竟然自动闭上了。而且它的眼边，竟然又流出一滴清泪来。

河　流*

半夜，猎人在山间的窝棚里被什么声音惊醒了。

他感觉热浪灼人，探头往外一看，原来是山林起了大火！他连枪都没顾上拿，连滚带爬就开始逃窜。

大火快速推进，猎人一路狂奔！他的逃命方向，就是山下那条河。

---

* 原载于2021年9月8日《中国环境报》，入选《小小说选刊》2021年第21期。

当他扑通一声跳进水里,这才大喘了一口气。转过头,他看见大火携带着轰隆隆的咆哮和哔哔剥剥的声响,正朝河边扑来。猎人惊恐至极,他移动身体,开始向河对岸游去。这时借着火光,他突然发现河里出现了更为恐怖的一幕。

野兽,野兽!河里到处都是野兽!

啊呀呀,原来野兽也知道跳水逃命啊!他在山里打猎多年,还从来没有见过这么多的野兽。整个河面上,乌央乌央的,到处都拥挤着逃命的生灵,黑暗中也分不清啥是啥。而且在他背后,还不断传来噼哩噗噜下饺子一般的声响。

猎人的本能使他立即伸手去肩上取枪,这才想起枪没有带出来。好在,他的腰里有一把锋利的匕首。他立即拔出来,紧紧地握在手里。这时他已经看清,在他的周围,游动着许多平日难觅踪迹的猎物,它们近在咫尺,只要他挥刀刺出就是……

不过他很快就收起了匕首。因为他发现,此时此刻,周围所有的动物都已经混为一体。无论大小强弱,它们好像什么都不顾了,只管拼命向对岸游去。是啊，现在最要紧的是逃命，打猎还有什么用呢！

但是动物们很快折返回来。猎人发现，对岸是峭壁，根本就爬不上去。所有的野兽只好顺流而下，寻找容易攀登的地方。

大火已经烧到河边来了，火舌喷吐，几番想跃过水面。但是因为这里水面宽阔，都没有成功。河里的动物们更加惊慌了，它们挨挨挤挤，加速往下游冲去。

猎人此时已经是身不由己了。他被众多动物推着往前走，前面就到了一个壶口。他抬头望去，暗叫不好。只有灵长类的他才能看出，壶口这地方有多危险。就在壶口两岸，生长着许多树木，其中有几棵大树，树枝互相伸向对岸，几乎就要相接。如果大火烧到这里，只要轻松一扑就过河了……

不行，不能让大火过河，那样谁都活不成了！猎人听见自己叫了一声："让开！"就挥舞着双手，拼命向壶口游去。一路上他的身体与其他动物碰碰撞撞，不同动物的面孔在他眼前闪过：老虎的脸，狗熊的脸，大象的脸，野狼的脸……什么脸他都不在乎了。他一口气游上岸，就那么湿淋淋地爬上树去，掏出匕首猛砍那些伸向对岸的树枝。猛砍，猛砍！

开始，河里的动物都呆呆地看着这个人，不知道他要干什么。很快，猴子反应过来，它们吱吱叫着，成群结队爬到岸上，开始上树去掰树杈，还有在底下拔小树的。第二个反应过来的是大象，这些大家伙，上来就用象鼻猛推大树，而且它们还懂得不能往水里推的道理。接着，野猪、狗熊、老虎等动物也上岸了，它们用嘴和爪子开始帮忙。猎人第一次知道，原来动物竟然如此聪明！

事实马上证明，猎人的决策是多么正确。他们刚刚弄完，大火就扑过来了。这地方虽然河道狭窄，但是因为没有了草木，火舌扑了几次都失败了。

河流载着所有生灵继续向前推进。

前面就到了一处地河。说是地河，其实就是水流通过山洞。这条地河，猎人平时根本不敢靠近。大白天那里都是黑云缠绕，传说有恶龙把守。现在要不要进呢？他犹豫着，转身看着身后的大批野兽，再看看顺着河岸一侧追过来的大火，他咬了咬牙，心里想今天就是今天了，就算是刀山也得往前闯了。

猎人硬起头皮，开始往山洞里游，眼睛渐渐适应着黑暗。但是他的眼睛远不如动物的眼睛明亮，嗅觉也远不如动物敏锐。动物们一进山洞，就立刻感到阴风扑面，气味不对。而且洞内到处怪石嶙峋，暗藏杀机。等到猎人闻到一股腥臭味道的时候，一切都已经晚了。

陡然，前面的水面巨浪翻腾，只听见哗啦啦一声巨响，有一个巨大的怪物跃出水面，拦住了去路。猎人抬眼看去，不由得倒抽一口冷气：但见眼前昂首挺立的，竟是一条白色巨蟒。它头似磨盘，眼如灯盏，血盆大口里吐出的信子嘶嘶作响。哎呀，原来这就是传说中的恶龙啊！

身后的动物立刻潮水般退却，它们互相冲撞践踏，哀叫声声。猎人也想跑，但是他浑身发抖，胆战心惊，根本跑不了。他只好拔出匕首，与巨蟒对峙，又朝身后吼叫："不要怕，一起来跟它干呀！"

动物们当然听不懂他的话，但是被他的气势鼓舞了。它们重新聚拢在他的身边，霎时形成了一个方阵，一起与巨蟒对峙。

啊——！猎人突然用尽全身力气大叫起来。随即，所有的动物都开始用自己的声音大叫起来。

哇——！呜——！噢——！嗷——！

人类和动物的声音混在一起，宛如霹雳在山洞里炸响，惊天动地，穿云裂石，直击前面的巨蟒。

那条巨蟒好像真的被击中了。它的身体晃了几晃，然后就缩回水里，并且调头向前游去，它瞬间变成了带路的向导。

猎人大吼："走啊！到山那边就安全了！"他带领所有的动物跟着巨蟒向前游去。

前面，隐隐约约有光亮出现。猎人知道，那里，就是地河的出口了。

评 论

申平小小说的容量与深度*

雷 达

小小说在今天拥有蓬勃的生命力,这种生命力源自我们千变万化的时代生活。近些年来小小说发展之迅猛,呈现出许多新的可能性。一些作者不再借助强烈的情节或细节推动故事,而是走向生活化、散文化、心灵化的路线,以表现情绪和意蕴为主。如何在平易中见深刻,在平淡中引深思,打开封闭型的结构模式,是值得探索的问题。

---

* 原载于2017年10月20日《文艺报》。

近读申平的小小说自选集《记忆力》，深受触动。作者从他发表的一千多篇作品中选出三十二篇，笔法精湛，读来韵味悠长。像这样的小小说作家还有不少，随手可举如冯骥才、孙方友、王奎山、许行、刘国芳、秦德龙、白小易、于德北等，现在又涌现出许多新秀。这里以申平作为例子，为的是引出话题，看看小小说的文体究竟有些什么特点，近年有何变化；它的容量和深度加大的奥秘何在；我们至今是否仍抱着某种成见，习惯于用以往的眼光来看待小小说。

小小说文体真是"物微意不浅"，令人敬畏。不管叫"小小说"也好，叫"微型小说"也好，叫"微小说"也好，业内人士能数出种种微妙区别，我个人觉得其实并无太大不同。这里暂以"小小说"统称之。试想，要在一千多字的篇幅里，讲一个奇异新颖的故事，甚至勾画出独特的人物，赋予深刻的意蕴，在尺幅之间兴风作浪，何其困难！所以阿·托尔斯泰说，"小小说是训练作家技能的最好的学校"。它的这种短小精悍的特点早为世人所认识、所称道。

尽管如此,人们一般还是只注意到它的轻和小,说它篇幅短小、人物单纯、故事简单、意义单一,不可能展开广阔的生活画面等。这样说应该没错,但主要还是着眼于它的外部特征;而对于一些精深的小小说而言,它的内在本质是选材精严、开掘深刻、结构巧妙、以一当十。我一直在强调,不要以长短论英雄,在审美价值的精深这个问题上,大和小、长与短是平等的。

小小说的容量到底能有多大,它有无可能开掘出远胜于其体量的大容量?虽然我们也说可以达到,但实际上,我们仍然以篇幅为衡量容量的首要条件。如何扩大容量、加深深度,确实需要思考。

依我看,首先要懂得留白,这是很重要的。记得契诃夫有一篇《宝贝儿》,虽不一定叫小小说,但极短,却写了一个女人整整一生,奥秘就在抓精神、"画眼睛"。对小小说而言,跳跃、省略、留空、简化是必不可少的。有许多作者把小小说写得满满当当、面面俱到,唯恐遗漏了什么,密不透风,让人呼吸困难,结果读起来什么都是"已知"的,便味同嚼蜡。

申平《绝壁上的青羊》就很好。青羊是国家保护动物,矫健至极,专在看来命如悬丝的绝壁间奔跳,捕捉之难可想而知。老葛不是真猎手,只听说青羊浑身是宝,能治百病,他要抓到,那瘫在床上的儿子就有救了。还真给老葛套住了一只,但最后青羊脱逃了,反而老葛自己挂在绝壁上,他穿着青色衣裳,看上去活脱脱是只青羊。这里只有一段人与羊的内心对白,羊说:"你这个人啊,你儿子有病就来害我的性命……你难,那我们青羊就容易吗?"老葛说:"我的好青羊哩,我知道你恨我,那你就恨吧,不行下辈子我变青羊救你。"云端有个声音却说:"老葛,你的胆子也忒大了……你这是犯罪。"至于老葛是否从悬崖得到了解救,受到了惩处,其子的病情又如何,作者都没有提,画面定格在悬在绝壁的老葛上就结束了。这篇小说其实写的是,在个人利益面前,人对自然的索取也许有其可悯的一面,但从长远看,人对自然的掠夺和索取是不可饶恕的。

"发现意义"同样重要，也即立意要新颖。小小说之所以得到读者喜爱，并不是因为它简洁地指出了生活中一些人尽皆知的道理，而是它能说出一些难以概括和用理性说明的"无名状态"或"意义"，使人难忘，陷入琢磨之中。例如《记忆力》，写五十年后的一次老同学聚会，众人皆流泪，激动。大家发现一老头夹杂其间，来得最早，发纸巾，倒开水，颇勤快。大家都没注意他，他一再启发，终有一女同学记起，他是曾因偷农民一个地瓜被扭送到学校的陈大福。于是记忆闸门打开，众人记忆力的选择，无一不是指向恶而忘记了善。陈大福以一生的努力，希望五十年岁月能洗去污点，带来的却是巨大失望。看来"记忆选择"也有势利性，太伤人了。记忆力的筛选规律到底是什么？

《杀牛》也是事极简而意颇丰。那个年月，村里无人敢杀一头流着泪的老牛，只好强令富农分子魏老八来杀，算立功赎罪。魏老八无奈，下不了手，有犯罪感，但最终还是杀成了。饱餐牛肉的人们，剔着牙，聚起来闲聊，有人说，富农分子就是心狠手辣啊，你看他最后杀牛时跟疯了一样，往后真不能对他客气了；有人说，分的牛头他也不要，还冲牛头作揖呢，这不是得了便宜还卖乖吗？于是说，斗他！饱食后的人们是一种什么心态，值得思量。我忽然想起白居易的诗："太行之路能摧车，若比人心是坦途；巫峡之水能覆舟，若比人心是安流。"人心之间的隔膜有时真是大得无法理喻。

以简驭繁，化繁为简，是小小说成功的关键。化开许多生硬的、必须交代的东西，以极俭省的笔墨，把疑问全都暗示开来，是需要技巧的。这里，结构极其重要，一方面，应该力求时间、场景、人物都尽可能地压缩、集中、精致，但同时，也要避免戏剧化，避免人为痕迹过重，过于巧合，要像生活一样的浑然一体最好。《头羊》是人与羊斗的故事，有种内在的震撼力。瘸羊倌儿对新引进的高大威猛的纯细毛头羊和平总是看不顺眼，只对原先本地品种的头羊有感情；可是本地头羊与新来的和平一交手就败下阵来，不久被人宰杀。和平从此遭到毒打和厌弃，羊倌儿设了一个局，故意打和平，看见它猛撞来时，他故意一闪，和平就撞死在石槽上了。人性中的偏见、恶、偏执，有时候真没道理好讲。

再看《红鬃马》。红鬃马有一簇漂亮的长鬃毛，它用长鬃抽打恶狼，英勇无比，得胜后回到马圈，以为会得到主人称赏；主人却一点也不欣赏，反而嫌长鬃马"烧包""逞能""显摆"，把红鬃马拴起来，不让它出场。结果马用长鬃抽了他个跟头，主人恼了，借着酒劲儿一口气咔嚓咔嚓剪掉了马的长鬃。狼嚎声又起，主人躲避，红鬃马出击，没了长鬃，再也无力搏斗，牺牲了，远处传来狼们得意的嚎叫声。一匹个性卓异的骏马，就这样被马主人扼杀了。隔阂、偏见、无知、颟顸，在怎样扼杀着英才？或者说，我们身边的人才冲动有余、血气方刚，我们不能过分苛求他们，如此等等。

小小说的核心问题仍然是塑造人物。全篇是否立得起来，就得看人物的真实和深刻程度。不能要求小小说的人物多么丰满、多层次、复杂，经历多么曲折漫长，却可以要求它"借一斑以窥全豹,以一目尽传精神"。有的小小说以故事和猎奇见长,缺点是看时热闹,不易记住。老舍先生早就说过:"小小说是小说,不是随感和报道。它短小,可是还有人物,这可不简单了。写这种小说,作者要极其深刻地了解问题与人物,并能够极其概括地叙述事实,用三言两语便刻画出人物。"

比如《草原卖酒记》,采用传统的"对比法",非常精彩,把人心的冲突、性格的冲突、价值的冲突推上了极致;又用"误会法",把不同民族的行为方式和心理模式表现得淋漓尽致。"我"为挽救濒临倒闭的酒厂,雇车带了五十吨白酒到草原上去碰运气,找到只有过一面之交的蒙古族汉子乌日,请他代售。作为商人的"我",就是亲兄弟来收钱都不放心,但乌日坚持说这事交给他了。"我"想灌醉乌日,好趁机去自己卖酒,乌日竟灌不醉,倒是"我"和司机醉了。第二天酒醒,一看酒车空了,乌日也不见了,"我"痛哭,发疯,寻死觅活,为那十万元痛哭,朝乌日狂吼:"我的钱呢?"结果是,牧民们自己打酒，自己交钱，无须看管。乌日把钱袋子砸向"我"，他一早就去为"我"换整钱。"我"抽出一些钱要感谢他，他一鞭子抽落在地，呼啸而去。由此，"我"无颜再去草原，无颜再见最好的朋友了。乌日的豪放不羁、心地纯净，"我"的多疑、小气、商人思维方式，通过强烈的碰撞，跃然纸上。

小小说能否表现比较复杂深隐的人性和人生情状？我认为是可以的，就看作者手腕如何了。《最后的情感》写四个风尘女子，一起混了五六年，终于到了散伙的一天。她们发现自己找不到悲伤的感觉，成了毫无感情的人。唯有一只相依为命的小狗乐乐，陪伴她们多年，不忍丢弃，决定带回故乡。可飞机不许带，火车也不准，其中一女小雪，放弃飞机、火车，改乘汽车，终于成功了。当手机里传来乐乐的汪汪声，先期到家的几位一起潸然泪下。她们哭什么？那含义就多了。申平是位既写人物也写动物的小小说作家，有的人认为他写动物超出了写人物。依我看，他并不孤立地写任何一方，他写动物其实仍在观照着人。现代人的生存及其状态，仍然是他小说关注的核心。

最后还想说几点。写小小说有几个问题是需要点透的。一个是它的"象征性""隐喻性""片段性"，这是任何好的小小说必备的品质，否则何谈"以小见大"？另一个隐蔽的却又是本质的问题，是它特有的话语系统。高明的小说家未必就一定是优秀的小小说家。秘诀在于，语言之别。我认为小小说的语言必须浓缩、简化，学会长话短说，它语言的内在逻辑与大型小说是完全不同的。像写长篇那样的语言是根本行不通的。至于小小说的结尾多么重要，什么铺垫法、卖关子、抖包袱、戏剧化、突转法，说的人多了，我就不一一举谈了。

小小说在今天拥有蓬勃的生命力，这种生命力源自我们千变万化的时代生活，伴随着高科技和新媒体进入生活，新的题材、人物、手法不断涌现，近些年来小小说发展之迅猛，呈现出许多新的可能性。小小说向来以传奇化、戏剧化、曲终奏雅、出奇制胜见长。现在要看到，一些作者不再借助强烈的情节或细节推动故事,而是走向生活化、散文化、心灵化的路线,以表现情绪和意味为主。我不反对以"动作化"为主的写法,它与散文化的写法可以并行不悖。如何在平易中见深刻,在平淡中引深思,打开封闭型的结构模式,是值得探索的问题。世相百态,人性纠缠,风俗变化,幽微意识,不光是现实主义,还有荒诞、变形、超现实主义,也都具有存在的理由。

申平小小说的魅力*

胡 平

申平从事小小说创作已有三十二年了,他的最新作品集《记忆力》即为纪念这段历程出版,收入了三十二篇小小说。我们能想象他在选择作品时郑重而喜悦的心情——就像父亲为女儿精心挑选一件件嫁妆。

作为全国最著名的小小说作家之一,申平拥有成千上万喜爱他的读者,中学教材里也采用过他的名篇。虽说光阴荏苒,叫人们常叹息时间

★ 原载于2017年11月9日《文学报》。

都去哪儿了，对他而言，时间却积累了下来，它们就摆放在书柜里，一千多篇作品和十八部作品集。

三十二年前，他写过一部中篇，没有发表，后来获得发表的是由中篇的一个情节写作的一篇小小说，这篇题为《功臣》的小小说获得了《中国青年报》的全国征文二等奖。从此，他便心无旁骛，矢志不渝地走上小小说创作道路，直至硕果累累。一个人能做成事业，往往需要他这种"一条道走到黑"的精神。

小小说不是长篇小说家就能写好的。譬如说，让你用二十五个字写出一件好作品难呢，还是用二十五万字写出一件好作品难呢？美国作家弗里蒂克·布朗用二十五个字写出的小说是："地球上最后一个人独自坐在房间里，这时忽然响起了敲门声……"这个作品后来被许多作家赞不绝口，可见，短是很难的。长篇小说作家并不比小小说作家尊贵。

申平的写作，致力于方寸之间构造艺术世界。他永远在捕捉生活中一种叫"形象"的东西，那些奇特精巧、五彩斑斓、沁出丰富意蕴的形象，他通过构想、生发和雕琢，把它们发展为故事，供读者欣赏、把玩、揣摩，领略到人生的各种况味。他作品中的形象总是令人难忘的，如《红鬃马》中的红鬃儿马子："夕阳射在它的身上，它的身子如锦缎一样闪闪发光；夕阳也照着它的红鬃，那顺着脖子拖下来的长长的鬃毛一跳一跳，正如一团火焰在燃烧"，这形象发散着青春、活力、斗志和热望，具有概念所不能企及的生动和感染，唤起人们直觉的兴奋，形成艺术的张力。《绝壁上的青羊》中绝壁和青羊的形象、《猫王》中瘦狸猫的形象、《中国狼》中狼的形象等也都是如此。小小说中皆有形象，但申平作品中的形象感更强，他创造的若干形象常能定格为鲜明的意象、隽永的画面、恒久的记忆，这是他的不同凡响之处。

　　申平是由形象进入故事的，故事由形象发展而来。他的故事多造成悬念，挑战想象，导致超人意料又使人信服的结局。喜欢听故事，乃人类之本性；善于讲故事，则是申平的本事，他的作品也由此为大众所喜闻乐见。《记忆力》，写一群五十年没有见面的小学同学聚会，其中一人没有被大家认出来，这人反复提醒众人，当年他在班上常做捡垃圾、打扫卫生等好事，都不能唤起大家的回忆。最后，还是一位女同学想起他曾偷过农民的地瓜，才使大家一致认出这位同窗。这就是申平式的故事，其中的人们似乎无法解决关于记忆力的问题，形成悬念，而以后困境被破解，表明出问题的不是记忆力，而是记忆的选择。这一转折来得突兀，却尽合情理，辛辣地揭露了人性的弱点，体现出作者对世事的深切洞悉。《砍头王》中，"砍头"是生在人的脖子后面的一种瘤，发展严重后可能致死。小说讲述一位被称为"砍头王"的医生，最善治愈此疾，却未能挽救儿子的性命，因为儿子有恃无恐，没有像他人一样遵守父亲的医嘱。这故事里显然包含某些哲理，能够从中读出一些人生真谛，但这故事又不只是为传达这些观念而存在，作者同样很重视故事本身的质地。如叙事中"砍头"这个形象就是很特别和关键性的，若用其他病症替代它的情节作用，作品的趣味就会大打折扣。申平是在感受和思想两方面都发达的作家，他的作品具有丰富的质感。

动物常成为申平作品的主角或重要角色，久而久之，形成了他创作的一种外观和特色，给他的小小说带来另类的生动与温馨。

动物是人类的朋友，是能与人类交流情感的生灵，因而，在以情感符号为本质的文学作品中，是不会缺少动物的形象的。在对待动物上，比爱更难做到的，是理解；比爱更重要的，是尊重。申平正是一个真诚尊重动物的作家。他的作品中，动物是与人类相互对照和比较的存在，有时，则直接是人类的化身，且常比人类更能寄托人类的理想。《头羊》中的头羊、《红鬃马》中的红鬃马、《中国狼》中的野狼、《芒来的儿马子》中的儿马子、《神鸟张》中的喜鹊、《怀念牛》中的黄牛、《猫王》中的瘦狸猫、《骆驼追》中的骆驼、《通灵》中的黄鼠狼、《藏獒的最后时刻》中的藏獒等，都是善良无辜或可爱忠诚的生命。即使在《兽兽镜》和《野兽列车》这样的作品中，动物使人受到惊吓，也不过是因为人们在动物身上发现了自己。申平的立场其实客观呈现了现存世界的某种生命伦理：人类有恶，动物是没有坏心的；破坏地球的是人类，动物只是受害者。现代社会的发展，正使部分人群更加亲近动物：也许他们认识的人愈多，便愈为喜爱动物。正由于如此，申平的小说能够吸引越来越多的读者，具有天然的亲和力。

在他的作品里，人并不比动物更高贵，相反，往往是由动物在拯救人的良知。《怀念牛》里，"我"在人世上受尽摧残，迁怒于黄牛，一路上"恨不得把它打死"，但后来是黄牛驱散狼群救下"我"，使"我"把黄牛视为亲人。《藏獒的最后时刻》里，杨某嫌弃着跟随多年的藏獒，想方设法将它置于死地，却未想到，他终于做到的那一刻，竟是藏獒舍命来搭救他之时。如果说，这类作品中，动物总是无辜的，比人更可靠，那么，另一类作品中，动物也成为人的最后的感情寄托。《最后的情感》里，四位风尘女子告别她们操持皮肉生涯的城市时，赚到了钱，也葬送了所有人间的真情，但她们还是发现，自己最终割舍不掉那条留在此地的狗。这些情景，都将人与人的关系同人与动物的关系做了耐人寻味的比照。

当然，更多的作品中，动物和人之间的界限是含混的，是在借用另一种生灵隐喻人的生存。《头羊》和《红鬃马》里，头羊和红鬃马为社会上个性鲜明、出类拔萃的人们的化身，它们遭到摧残，也指喻了社会保守势力的阴暗与顽固。《猫王》中，本为猫王的大黑猫被红毛老鼠等战胜后，请来了野外的瘦狸猫。瘦狸猫的强悍赢得了主人的宠爱，它却不肯留在主人家，带着大黑猫重返野外。这只新的猫王，无疑体现着人间英雄的真实本色，使人联想许多。可是即使在这些篇什中，动物角色也不是简单地充当喻体，它们保持着自身的神态，展示着与人类不同的风采。如头羊遭多忌的瘸羊倌儿暗算后，撞死在槽前："它的头在石槽上开出了鲜花，两只漂亮的犄角也折断了"——它死得壮丽，这壮丽是羊的壮丽，却不是人的壮丽。

申平的不少小说可被视为寓言，寓意丰厚；另一些小说又很难以寓言形容，因为他从来不是由"意义"走向形象，而是相反，这常常把作品带入更加朦胧而不确定的意境。《大仙姑》中，那座矗立在县城老君堂里的大仙姑塑像，是受到当地群众膜拜的。红卫兵们来"破四旧"时，动用牛来拉，竟也未能拉走。若干年后，人们重修塑像，才发现她的身体本为一截大树桩，自此，大仙姑受到众人更无保留的尊崇。故事里最为精妙之处，自然是写到的大树桩一节，可谓神笔，令人嗟叹。想必，生活中寺庙里的塑像，是不会置身于树桩的，真不知作者从哪里获得灵感，产生如此出色想象，使塑像平添许多神奇色彩。这里，大树桩与仙姑塑身合一的意象，散发出种种难以描述和释说的意味，能领略而无法局囿，使作品进入象征的境界。可见，申平小小说的修辞手段，是多样而全面的，体现出一位小说家从事数十年创作后积累的修养和功力。

三十二年的构思与写作，对申平来说，已是一段不算短的经历，但他仍在不懈的探索之中。

艺术的魅力,在于它永远新鲜诱人,打开一扇门,又现出另一扇门,我们相信,申平仍会不断给读者带来惊喜,带来陌生的体验。

申平小小说的立意和艺术个性*

杨晓敏

二十几年前,我还是百花园杂志社的一名编辑,因为一篇叫《摔跤》的小小说,申平成为我重点联系的作者。虽然这篇优秀的作品并未大红大紫,但作者在情节推进中体现出来的控制能力,语言表述上的个性化追求,却给我留下极深的印象。

众所周知,小小说这一新兴文体在20世纪80年代尚处于襁褓期,远未形成独立的文体形态,

---

* 原载于2018年1月10日《人民日报·海外版》。

更谈不上成熟理论的引导和规范。众多的小小说写作,只能蹒跚在实践探索的路上,无法摆脱短篇小说写作技法的窠臼以及认识上的局限,多有脱水干菜式的缩写。像《摔跤》这样的小小说,作者在字数限定、特定环境的选择、典型人物的形象塑造以及主题思想的开掘上,自觉兼顾于一体,尤为难能可贵。它为申平的小小说创作开启了一个良好的开端。

小小说易写难工,大多数小小说作者往往只能停留在以粗疏的文字来编织故事的阶段,能走到真正文学意义上的"作家"行列的,少之又少。小小说写作亦是一项寂寞又艰苦的差事,能几十年如一日地坚持下来的,更属凤毛麟角。让人欣慰的是,这两者,申平幸运兼得。

三十余年来,申平虽然曾因生活的变故而一度短暂中断小小说创作,但他最终凭借对小小说的热爱,更借助于自己的才力与毅力,在业界为自己赢得重要一席。三十余年,他创作了千余篇小小说、十八部小小说集,获小小说金麻雀奖、冰心儿童图书奖等各种奖项五十多项,作品还被翻译介绍到国外，进入大中专教材，被改编成影视作品。申平也因此获得"优秀专家、拔尖人才""一级作家"等诸多荣誉称号。小小说对他的回馈可谓丰矣！

这部《记忆力——申平小小说选粹》更是精益求精，优中选优，可谓篇篇精彩，字字珠玑。三十二年，三十二篇小小说，本已颇具某种启示与纪念意义。要从千余篇作品中筛选出三十二篇作品，对自己的创作做一次郑重总结与回顾，可见申平对此书的重视。纵览全书，也隐约能梳理出申平三十余年的创作履痕，感受到申平独具一格的创作风格。这是一本精品小小说集，又是一本能较全面反映作家创作水准的小小说集。

申平是典型的实力派小小说作家，擅写传奇人物的命运，擅讲传奇色彩的故事。其动物题材的小小说创作，极注重象征手法的使用和宏大主题的有效表达，更是为他带来广泛声誉，也为他的小小说创作打上鲜明的烙印。以故事为载体，塑造人物，完成主题的表达，申平的作品，深度和好读兼具。

《记忆力》是一篇曲径通幽、以点显面的范文,有着丰厚的思想容量。一个人生活在群体中,用一辈子的努力,依然未能脱净少年时代的一个污点,着实让人对俗世喟然长叹,一种说不清道不明的滋味袭上心头。人性如此,于荒唐透顶中透出某些冷峻的意味。

申平之所以佳作迭出,能跻身一流的小小说作家队伍,自然和不俗的创作观念与独特的写作视角有关。20世纪90年代初,申平发表了《红鬃马》,"天苍苍,野茫茫,风吹草低见牛羊",这篇带着强烈的草原气息的作品,一经刊出便广受读者好评。此后,申平又一鼓作气创作了《头羊》《绝壁上的青羊》《中国狼》《草龙》《通灵》等让读者耳熟能详的动物小小说佳作。在这些小小说中,他或以动物为主角,书写动物世界的传奇故事;或以动物为载体,书写人性世界的美丑;或以寓言的形式,对社会上的某些怪象给予辛辣绝妙的讽刺。马、牛、羊、狗、狼、豺、虎、豹,各类家禽野兽,无一不可入文,无不写得精彩纷呈。申平慢慢形成了自己独特的创作风格。

《头羊》《红鬃马》，都是叙述人与动物相处而又相离的怨艾故事。与早期的同类作品比较，这些作品不再是简单地以猎奇式的结构来刺激读者的眼球，而是对人与动物的生存姿态与关系进行层层剖析：《头羊》中的瘸羊倌儿心胸狭隘，为一己之私，亲手谋杀头羊致死；《红鬃马》中的主人目光短浅，最终让一匹烈性红鬃马命丧群狼之口。卑劣人性中的短视、阴鸷、欺诈，在作品中一一摊开，供人思索，引人回味。

《绝壁上的青羊》，写一个农民为给儿子治病，不惜铤而走险到绝壁上去猎杀青羊。青羊本身就非常弱小，被人类和猛兽逼上绝壁；而农民同样作为弱势群体，因为看不起病而被逼上绝壁打猎。这两个弱势代表在绝壁上相遇，最后农民发现青羊怀孕而不忍心杀害它。农民最后挂在绝壁上，远远望去就像是一只青羊。这种象征意义远远超出了作品的主题本身，形成了一种非常形象而强大的冲击力，振聋发聩。

《兽兽镜》和《野兽列车》，可视为两则动

物寓言,其故事情节读来似是荒诞不经,细思却蕴藏着深刻的社会哲理。人与人之间、人与动物之间,复杂微妙的关系,引人深思。

《芒来的儿马子》中,芒来与儿马子都带着草原特有的野性与神秘气息,人与马,演绎了一曲征服与被征服、爱与恨相互交织的自然悲歌,是申平近年来动物小小说中的佳作,也可视为他在动物小小说创作中的重大突破。2013年11月,《芒来的儿马子》获首届"钟宣杯"全国优秀小小说双刊奖。评语为:"申平的《芒来的儿马子》,有着神秘的地域文化、浓郁的民族风情与冷峻的批判精神,打破动物小说的惯常写法,赋予一匹马以性格、思想和命运,让马的一生与人的一生交错辉映、互为镜像,从而传达出深沉的人生况味与深远的哲理意蕴。"

人与自然之间的关系,是一个宏大而深刻的主题,也是很多小小说作家所热衷的一个主题。把宏大的主题巧妙地通过生动耐读的故事形式加以表达,不但高效,而且极易使人接受。而把故事,尤其是传奇故事讲得一波三折、九曲回肠、跌宕起伏又不纯粹猎奇,则为申平赢得了广大读者的青睐。近些年在南方生活、打拼,使申平对文学的理解愈加成熟,也让他对小小说创作愈加虔诚谨慎。这,也正是申平能成为个性作家的重要因素。

古往今来,选家多标榜"兼容并蓄",但也从无没有观点的选家,何况这是一本代表自己三十余年创作的精粹文集?从本书入选篇目来看,尤见申平对其动物小小说的偏爱。书中大部分篇目都是与动物相关的佳作,当然也有《记忆力》《白加黑》《草原卖酒记》等描写人性、人情世界美丑的作品。无论写人还是写动物,申平都坚持一个不变的创作理念:讲好故事,从故事里开掘生活本质。

"我写小小说喜欢讲故事,而且愿意把故事讲得有点传奇色彩。"申平的小小说创作中,不排斥故事性,反倒把小小说的故事性(情节安排)视为作品成败的关键。"写小说讲故事不是目的,故事不过是一种载体,是形式,是塑造人物和完成主题的一种手段。故事有尽而其味无穷。"正是基于这样一种深刻的认识,申平才能讲出如此众多的耐人寻味的好故事。

小小说写作需要耐心持久的苦心经营,天长日久,日积月累,才形成自己的特色。小小说发展到今天,实际早已开始呼唤个性作家的出现。小小说篇幅短小,为作家们提供了这样一种空间和可能。作家完全可以根据自己的生活阅历等情况,确定自己的题材优势,然后潜心创作,不断拓展,在某一领域有所突破,成为个性鲜明的作家。

民族精神的别样图谱

李晓东

广东省小小说学会会长申平,到南方生活多年,心却依然流连在故乡内蒙古大草原。草原是万类霜天竞自由的广阔天地,在苍茫的"腾格里"和无边无际的草原上,众生平等,万物有灵,都是大自然的子孙。生于斯、长于斯的申平,其体会当然深切而长久,化而为文学作品,便是独具一格的动物小小说。

动物题材的作品,并不罕见,有些影响颇

★ 原载于2020年8月5日《文艺报》。

大。《聊斋志异》里的很多作品，就是非常优美的动物小说。当代文学中，姜戎《狼图腾》、杨志军"藏獒系列"等，都产生很大影响，跟风所及，一时纸贵。申平的动物小小说，取材多样，马、羊、狗、猫汇聚笔端；情节多彩，有激烈曲折，有静水深流；情感多思，有哲理感悟，有情怀关照。但这些作品中，共同荡漾着一个内核，那就是民族精神，以动物为题材，刻画民族精神的别样图谱。

申平动物小说，首先弘扬以马为象征的伟大精神。根在草原，最钟情者，首先当然是马。《蒙古马》先抑后扬，将其貌不扬的蒙古马置于和凶残狂妄的日本侵略者对峙的第一线。主角不是人们印象中天马行空、快马如风的蒙古马形象，而是"个头不高、其貌不扬……更谈不上威武雄壮了"。它的主人也非剽悍的蒙古骑士，而是一位老实巴交、走村串户的木匠，马的日常工作，就是载着木匠和木匠的工具慢腾腾地在山路和村子间走，仿佛已丧失了奔跑的天性。然而，当与高大嚣张的东洋马比赛时，"居然有如神助,它就像一道闪电,一眨眼就飞到了天边,再眨眼它已经飞了回来,把那几匹东洋战马甩得七零八落"。这正如中华民族精神,谦逊、内敛、不与人争强好胜,关键时刻却会显出强大的力量,最终战胜敌人,敢于胜利,而且善于胜利。日本人手里不仅有马,更根本的,是有枪、有刀。赵木匠敢于让自己的蒙古马超越东洋马,是冒了被杀头牺牲的危险的。因此,在本质上,胜利的不是马,而是人,是赵木匠这样最普通的中国人。《论持久战》中深刻指出,"战争的伟力之最深厚的根源,存在于民众之中"。申平撷取一个小细节、一朵小浪花,映照出的,却是人民战争的汪洋大海和民族精神的本质力量。

众所周知,马有灵性。中国传统文化中,马最早被赋予的,就是智慧。八卦的前身河图洛书,就是由龙马背负着,从黄河、洛河里浮出水面的。而后,才有天马行空的速度,"向前敲瘦骨,犹自带铜声"的坚韧,"所向无空阔,真堪托死生"的忠诚。在生于草原、长于草原的申平那里,马不仅有灵性,而且"有思想"。《一匹有思想的马》,以草原知青的"我"为第一人称,写草原马毛莫利和自己的过命交情。毛莫利有智慧,跑回居民点叫人来救被困雪中的人;有速度,踏雪飞奔而来,飞奔而去;有胆略,面对饿狼群,临危不惧;有正义感,把持刀快要杀人的主人叼起来抛到草地上,成功避免了一起杀人案;有忠诚,主人离开后,面朝主人离去的方向,不食而死;甚至,有审美,原本暴烈的毛莫利听到短笛声,"目光一点点变得柔顺痴迷"。音乐之美,让马和人成了知己。礼失而求诸野,许多人早已失去的品行,在马的身上却保存着,闪耀着人性的光辉。

人与自然界、人与动物的关系,是古今中外哲学、文学的永恒母题之一。从原始泛神论的万物有灵,到佛教的众生平等,再到人文主义的人是万物的灵长,直到现代保护环境善待野生动物,以及中国民间的动物成仙成精成怪,等等,无不渗透着人对动物的情感和认知。在哲学层面上,与人一样有生命、能活动的动物,是"人的本质力量"最早,也最直接的"对象化物"。而且,在神话传说中，动物往往给人以启示、神示，是人类的指引者。申平之于动物，无论野生动物还是家养动物，无论猛禽猛兽还是猫狗鱼鸟，都充满感情，"民吾同胞，物吾与也"，申平以平等之心对待众生，收获的，是不一样的感悟。

"天苍苍，野茫茫，风吹草低见牛羊"，草原上的人，对于牛羊的情感，自与旁人不同。申平为一只羊立传，并为其取了个很具有象征意义的名字——"和平"。忠于职守、尽心尽力保护羊群的和平，被癞羊倌儿算计，撞石而亡，"头在石槽上开出了鲜花，两只漂亮的犄角也折断了"。羊当然没有人的认知能力，但它忠直勇毅的品格，却映照出某些人性的卑劣。中国古代有动物比德的传统，如《韩诗外传》曰："鸡有五德：头戴冠者，文也；足搏距者，武也；敌在前敢斗者，勇也；见食相呼者，仁也；守夜不失时者，信也。"申平继承这一文脉，并以此为镜鉴，反思某些不仅出离人性，而且比动物都不如的行为。孟子云"人之异于禽兽者几希"，其实，人之不如禽兽者，所在多矣。

孔子云"泛爱众，而亲仁"，申平对于野生动物，同样施以赞赏之心，甚至委以民族大义。《中国狼》中，当日军在东北如入无人之境，只有杂牌军在抵抗时，不可一世、武装到牙齿的日军，却被一群中国狼消灭了。中国狼不惧任何强权和武力，视死如归的精神，不正是潜藏在民众之中的伟力吗？所谓"人不犯我，我不犯人。人若犯我，我必犯人"，狼群自由嬉戏的平静生活被打破，生命被无端残杀，领地被入侵，虽手无寸铁，依旧拼死抵抗，并最终取得胜利。

寓言，是动物故事的一大功能。小学课本里的《小马过河》《狐狸和乌鸦》《骆驼和羊》等寓言故事，影响了一代又一代人。申平的动物小说中，具有寓言色彩的，也所在多有。《羊族秘史》借为羊族写史的老绵羊之口，回溯羊族由凶猛的肉食动物，由于不思进取，缺乏危机意识和斗争精神，沦为食草动物，最终成了人类豢养的盘中餐。小说写的是羊这个种族，其实，民族精神也一样。中国近代以来，面对民族危亡以及中华民族伟大复兴的历史使命，国民性、民族精神成为重大命题,"民气论""民力论"争论多有。《羊族秘史》告诉我们,失去了"气","力"最终也将不复存在,"气"之不存,"力"将焉附?没有鸿篇大论,也不需复杂的情节或者叙述技巧,却雄辩地阐述了如此深刻而有辩证色彩的主题。

习近平总书记深刻指出,实现中华民族伟大复兴,就是中华民族近代以来最伟大的梦想。为实现这个梦想,无数优秀儿女前仆后继,战斗在疆场,其中,也有被誉为战士最亲密战友的战马,同样做出了巨大贡献,正如李世民的昭陵六骏一样。《去找战马墓》就是为无名无声的战马书写的墓志铭。驰骋中原的战马因不适应南方的气候而被野放,却翻山越岭追赶部队而来,死在战士们面前。这里面,有友谊,有感情,但更本质的,是战马对于战斗的渴望,是战马,就要牺牲在战场上,而不能沦为放弃责任的野马。这篇微小说与《羊族秘史》,从正反两方面,为民族精神画像。中华民族之所以历经苦难而不倒,终于迎来伟大复兴的光明前景,就因为有这种百折不挠、不怕牺牲的精神。

《鹿衔角》里的主人公老孔，因为曾在山里救过一头野鹿，因此他与野鹿之间产生了真挚的友谊。每年，老孔都要进山到固定的地点去看望野鹿，野鹿呢，每次都会以鹿角为报。这是多么深厚而奇特的友谊啊！但是这一切却毁于老孔儿子之手。他为了搞摄影，拿大奖，软磨硬泡，提前埋伏，终于拍到了那神奇的一幕。但是随着相机发出的轻微声响，老孔与野鹿的友谊也随之终止。野鹿的眼睛是那么清澈明亮，它的离去是那么毅然决然，都是老孔的私心和儿子的贪欲葬送了这如诗如画般的意境。老孔黯然神伤，但一切悔之晚矣。这恰好可以从反面告诉人们，高尚的道德情操是民族精神的一部分。人和动物一样，只有不忘初心，方得始终。

以动物为图腾，是人类社会部族意识形成的标志，中华民族精神的象征——龙，是多种动物形象汇积而成的神灵。在申平的小小说里，龙又化而为各种动物，在每种动物身上，都凝聚着民族的精魂。

凸显小小说的象征性和哲理性

刘 琼

对于小小说,我有特殊记忆。我们这些出生在20世纪60年代末70年代初的人,阅读的基本构成是书籍、期刊加报纸。特别是在青少年时期,正值"文革"结束百废待举,出版各业欣欣向荣,但凡有点追求的家庭,都会为识字不多的中小学生订上若干份报刊。我最早就是从各种报纸副刊上读到小小说,当时当然完全是基于对故事情节的追求和爱好,但由此也养成了读小说包括

----

* 原载于2018年1月6日《惠州日报》。

小小说的一种趣味和习惯。

记忆是如此深刻美好，以至于轮到自己编报纸、编发文学作品，自然对小小说这个品种也情有独钟。在我看来，小小说虽小，但写好还真非简单之事。许多作家能写长篇，但未必能轻松驾驭小小说。一个有志于写长篇的作家，如果把小小说练好了，长篇一定出色。小小说锻炼的是结构和语言。不信，就来检验一下。在这种情况下，申平这本《记忆力》的努力和方向值得推荐。申平经历过20世纪80年代中期小小说的繁荣期，对于小小说的文本建设和品质要素有自己的坚持和追求：其一，小小说的故事性和结构意识，在申平的文本里得到了传承；其二，小小说的人物命运感和美学色彩，在申平的文字里得到强化。他通过大量的文本写作表达的这两点努力和追求，我认为，恰恰是众多小小说写作所欠缺的。

《记忆力》是其中的第一篇。五十年沧海桑田，小学同学会变化悬殊，一位提着篮子给大家发纸巾的小老头，谁都没认出是那位替人看衣服、打开水,劳动最卖力、最积极的陈大福同学,大家都在记忆中把他删除了。而一旦提到他当年做过的一件坏事,所有人却立刻恢复了记忆,全都想起了他。记忆力之有无,原来是这种逻辑,这是对一种漫漶于世的势利、市侩气息的揭示。这篇小小说关于世情人性的辛辣笔风,有点儿杰克·伦敦的味道。把该作品放在第一篇,并以此为书名,足见作家本人的倾向。不过,比较起来我更喜欢《头羊》。本地种公羊在外来种公羊面前丢失了头羊"宝座",后又被杀,饲养它的瘸羊倌儿因此恨上了这头叫和平的外来头羊。新头羊品种优良,也卖力,但还是经常挨打受罚。头羊和平不再和平,冲撞了羊倌儿,羊倌儿设计害死头羊。这篇小小说富有传奇色彩,比如这只新头羊的爱憎,以及羊倌儿的计策。但这篇小小说以窄小的体量生动深刻地讲述了一个无法排遣的悲剧,才是取胜之处。新头羊的死当然是悲剧,它是被人类怀旧的感情杀死的;老头羊的死也是悲剧,它是被新旧更替的趋势杀死的。怀旧是人性,也是动物性。新旧更替是强大的发展趋势。这些似乎都是人无法对抗的。这是人类社会的悲剧,也是动物社会的悲剧。悲剧的美感在此,它揭示了人性的本质。这篇小小说的深刻在于懂得、理解和深透。

申平以动物为对象的小小说写得多,也有特色。《红鬃马》即是另一种悲剧。烈马红鬃,本可与恶狼一搏。人类出于善心和无知的剪鬃之愚蠢举动,卸除了马的战斗武器,直接害死红鬃马。《芒来的儿马子》同样讲的是人和马的故事。对了,申平的动物主角很多是马,很显然与他本人的生活经历有关。儿马子就是种公马,芒来是个率性懒散的牧马人,他完全把牧马的任务交给儿马子。但芒来的儿马子这匹具有神性的种马,最终难逃衰老被杀的命运,牧马人也从此衰老颓败。这里表现的依然是一种无法摆脱的命运感,主角是动物,人和动物的深情令人动容。

《记忆力》收入的小小说,多篇写到动物和人的关系,比如《猎豹》《野兽列车》《藏獒的最后时刻》,也都触及"算计"。《猎豹》是人类之间的算计,《野兽列车》和《藏獒的最后时刻》是人和动物之间的信任解体。作家在小小说里寄寓了自己的世界观和自然观，小小说的象征性和哲理性比较醒目。

写人，特别写女人，也有妙不可言的篇章。一个稍握权力的女人的计较，通过准确的动作和妥切的对话写得入木三分，表现人性中往下走的部分，这是《一支烟》。《去看格桑花》写家庭关系和人之新旧观，题材不新，但角度巧妙，老婆设计，点明丈夫向往的"格桑花"跟眼前习见的"扫帚梅"的同一关系，意料之外，有现实感，也幽默风趣。

申平写了多年小小说，感谢他的坚持，期待他的小小说创作能够有更加出色的表现。

后　记

从1985年到现在，我写小小说三十六年了。

三十六年间，我创作发表了千余篇小小说作品，其中动物小小说占有很大比重，也最受读者欢迎。我的动物小小说为我带来各种荣誉，被广泛转载传播。也不知从什么时候开始，一顶"动物小小说作家"的帽子戴在了我的头上。这本集子，共选入我的动物小小说三十六篇，平均一年一篇——真可谓"精选"了，这也算是对自己和读者做个交代吧。

我写动物小小说，经历了一个从不自觉到自

觉的过程。

刚开始写的时候,只是觉得神秘和好玩。我写的第一篇动物小小说是《兽戏》,讲的是荒诞年月一群人闲极无聊,半夜三更去看黄鼠狼"唱戏"的故事。我边写边笑,作品发表后,也引来许多笑声和掌声。后来又写《通灵》,讲黄鼠狼爬高桌听音乐的故事。这个作品发表后,反响更加热烈。

到了这个时候我突然发现,原来动物小小说大有可为呀!写起来轻松愉快,发表后读者喜闻乐见,何乐而不为呢!于是我不断挖掘素材,又写出了《红鬃马》《草龙》等作品。《红鬃马》最初只是发表在我当时工作的《红山晚报》上,但一样被《小小说选刊》转载。《草龙》这篇小小说,是参加一场会议的副产物。空洞冗长的会议使人昏昏欲睡,我就在笔记本上写起小说来。会议散了,我的作品也写完了。《草龙》在《百花园》上发表后，还获得了奖项。写到这个时候，我对动物小小说已经品出一些滋味了：它不仅神秘好玩，而且一样可以承载许多社会内容，一样可以表达人类的喜怒哀乐。作家完全可以借助动物这一载体，歌颂真善美，鞭挞假恶丑。而且动物世界也和人类社会一样，本身也有正义与邪恶、是非和曲直之分，而当动物一旦和人类发生联系，所演绎出来的故事就更加丰富多彩。这是一个多么巨大的宝库啊，只要认真观察，努力探索，必将收获连连。

以后，我再写动物小小说，就开始为一种社会责任而写，为表达心中的理想和追求而写了。1997年我南下广东寻梦，遇到了许许多多这样或那样的事情，特别在遇上包括自己在内的人才被打压时，我的满腔愤怒无以宣泄，我就借助写动物小小说来表达诉求。这样，就有了《头羊》

《战马火龙驹》等悲剧性作品的出现。《头羊》获得2001—2002年度全国小小说优秀作品奖,成为我的代表作之一。渐渐地,我的作品个性开始鲜明起来,并始慢慢向"这一个"靠拢了。

再到后来,我的动物小小说越来越自觉地涉猎了生态环保的主题。我通过讲述动物与人、动物与动物之间的故事,提醒人类保护动物、保护环境。《猎豹》《猎神》《人与虎》《兽兽镜》《野兽列车》《草原百灵》《骆驼追》《去找战马墓》《小马倌儿》等作品,先后在《文艺报》《南方日报》《羊城晚报》《北京文学》《百花洲》《百花园》《小说月刊》《天池·小小说》《金山》等报刊上发表,又不断被《小说选刊》《小小说选刊》《微型小说选刊》《小小说月刊》《意林》等各种选本转载,引起广泛关注。这样一来,我的动物小小说的路子就越走越宽广,进而与保护绿水青山、建立生态和谐世界这样的宏大主题契合在一起。

2012年10月27日,中国作家协会创研部、广东省作家协会等单位,联合在北京召开了"申平动物小小说创作研讨会",与会专家学者对我的动物小小说创作给予充分肯定。专家认为:申平的动物小小说以其独特的文体意识、较持久的艺术追求、数量较多的优秀作品,开始形成他区别于其他小小说作家的艺术个性和创作风格。申平动物小小说影响非常广泛,展现了他这些年在动物小小说写作方面的探索。他的动物小小说实际上是以动物为原型,反映的是人与动物、人与自然的关系,涉及环保等多方面的主题。既引导我们去认识这个非凡的世界,也让我们去认识社会的方方面面,对创作有很大启发意义。

北京研讨会之后,我的写作热情更加高涨。

几乎每年都有转载率极高和获奖作品面世。《城市上空的乌鸦》《白鹿》《鹿衔角》《白百灵》《野狼谷》《口叼木棍的小狗》《末日抉择》《老辕马》《拾鹿角》《蒙古马》《军功马》《马语者》等作品，都是近年写作发表的。另外我在2008年获得小小说领域最高奖"金麻雀奖"之后，又接连获得了冰心儿童图书奖、《小说选刊》最受读者欢迎作品奖以及中国微型小说学会年度评比特等奖及一等奖，还有《小小说选刊》两年一届的全国优秀小小说作品奖，等等。我的作品被翻译介绍到国外，被拍成微电影，进入大中专阅读教材和试题，进入"中国小说排行榜"，我因此获评文学创作一级职称，还被当地政府连续评为优秀专家、拔尖人才，获得"突出贡献人才奖"。2021年，经《中国环境报》推荐，我获评"全国最美环保志愿者"称号，并作为十名代表之一,出席了"六五环保日国家主会场"活动。

我多年坚持写动物小小说,其实就是在写我们人类自己。《兽兽镜》里的女孩捡到一面镜子,无意间往人间一照,发现人们不是狐狸就是老虎,她最尊敬的爸爸竟然是一条大灰狼,为此她差点得了精神病。后来她和同学一起想明白了,人和动物本来就是一家人。既然是一家人,就要相亲相爱,不能自相残杀。《野兽列车》当然更有象征意义,一个人无意间登上了一辆全是野兽的列车,他起初吓坏了,但是后来他发现野兽们全怕他。于是他就想把野兽们赶尽杀绝,结果引起反抗,最后灭亡的是他自己。不用多说,人类必须和动物和谐相处,才能共生共荣。这,就是我写动物小小说的初心和终极目标。

当然,作为一个写作者,我在有了自己的

主打品牌以后，也不必"在一棵树上吊死"。这些年，我在写作动物小小说的同时，也创作发表了大量的社会类小小说。我的第一篇获奖作品《功臣》就是写退伍军人的。后来创作的《记忆力》《钢的琴》《草原卖酒记》《老枪》等作品，也接连获奖，广为流传。另外，作为广东省和惠州市小小说学会的会长，这些年我还带领我的团队，开展了许多有声有色的活动，并创办了"惠州市小小说大课堂"和"广东小小说网络大课堂"。我带头义务授课，面向社会普及小小说写作知识，积极倡导环保和生态主题作品创作。"惠州市小小说大课堂"每月一课，已经坚持上课五年多，为社会培养出一大批具有环保理念的小小说作家。2019年4月，惠州市惠城区被中国小说学会命名为全国唯一的"中国小小说之乡"。今年，"惠州市小小说大课堂"被中国作家协会确定为全国文学志愿服务重点扶持项目。有人问我为什么要花费时间做这些,我的回答就一句话:为了我所钟爱的小小说事业。

是的,小小说带给我的荣誉实在太多太多,关心支持我的人也实在太多太多。借本书出版之际,我一定要再说一遍:感恩小小说,感谢所有关心支持我的老师和朋友!

作　者

2021年7月15日于内蒙古林西老家